首席探路官

CADA
Top Motorcycle Riders

● 精彩路线　● 摩旅故事　● 骑行经验　● 摩旅建议　● 骑行贴士

宋涛　编著

机械工业出版社
CHINA MACHINE PRESS

本书讲述了10位首席探路官一路迎风起伏、奇遇人生的摩旅故事,并分享了对他们产生深远影响的10条精彩路线:或翻越高险的山峰,或摆脱荆棘的沟壑,或远征亚欧非,或极速万里行,或穿越火线疫区,或深陷雨林险滩……他们"苦中作乐",在不断面对问题和解决问题的过程中,感受了摩旅途中一切意料之外的真实与未知,并从中总结出宝贵的骑行经验。与此同时,书中以人物专访的形式,记录了10位首席探路官在摩旅途中的细微感知和情怀绽放。

《首席探路官》不只是告诉你:摩旅可以怎么玩,去哪玩。

《首席探路官》还想告诉你:出发更需要勇气,只要在路上,精彩的人生便已开始。下一个路口,我们一起出发!

图书在版编目(CIP)数据

首席探路官 / 宋涛编著. — 北京:机械工业出版社,2021.9
ISBN 978-7-111-69121-1

Ⅰ. ①首… Ⅱ. ①宋… Ⅲ. ①游记-作品集-中国-当代 Ⅳ. ①I267.4

中国版本图书馆CIP数据核字(2021)第195373号

机械工业出版社(北京市百万庄大街22号 邮政编码100037)
策划编辑:李 军　　　责任编辑:李 军
责任校对:张 力　　　责任印制:常天培
北京宝隆世纪有限公司印刷

2021年10月第1版第1次印刷
184mm×260mm・9印张・2插页・189千字
标准书号:ISBN 978-7-111-69121-1
定价:199.00元

电话服务　　　　　　　　网络服务
客服电话:010-88361066　机 工 官 网:www.cmpbook.com
　　　　　010-88379833　机 工 官 博:weibo.com/cmp1952
　　　　　010-68326294　金 书 网:www.golden-book.com
封底无防伪标均为盗版　　机工教育服务网:www.cmpedu.com

前言 Preface

2020年11月,中国汽车流通协会(CADA)"首席探路官"活动盛典在美丽的苏州举行,同期发布的《敬畏》主题片中这样写道:"每一段旅程都是珍藏。前行的时候,我们热血澎湃;抵达的时候,我们不忘初心;跌倒的时候,我们百折不挠;逆境的时候,我们意志坚强。我们用敬畏向自由致敬……我们是中国的首席探路官。"

首席探路官是一个对摩旅有特殊情感的族群。他们肌理鲜活,精力充沛,对摩旅拥有独立的见解和主张。我们通过"首席探路官摩旅征文大赛"投票,评选出10位首席探路官,并与他们亲密互动——探寻摩旅初衷,记录摩旅成长,沉淀出了本书描述的遍及全球56个国家、100余座城市的摩旅盛宴和10段藏于旅途的骑行感悟。

在浩瀚的世界版图中,有人远征亚欧非,有人极行万里,有人穿越火线疫区,有人深陷雨林险滩……他们用车轮串联起东西方文明的同时,也展示了一种新的可能——摩旅,能成为我们更深探知世界的入口;在辽阔的中国境内,有人钟情于探索"山水人文",有人属意于捕捉"城市风貌",他们驱车深入东北、华南、华北、西北和西南等地区,探索隐匿其中的风景和人情,并与奔腾不息的城市水乳交融。

跃然书中的首席探路官们,是中国摩托车骑行文化发展的亲历者。虽然,目前国内还未达成欧美骑行文化的底蕴,却在逐渐形成自己的文化轮廓,而他们——首席探路官们,正在用自己的不懈努力和永不停歇的精气神儿构建中国骑行文化的图景。

《首席探路官》记录了一群人,他们具备迎接困难"苦中作乐"的特质和超越能力极限的冒险精神;展示了一种生活,可将自由释放于大地长天,从远山沧海的行途中获得生命意义的启示;传递了一股精神,求索、探知,试图不断超越,而这份精神特质已然形成"摩旅文化"独树一帜的精神图腾,生生不息。

2020,是中国骑行文化盘点过往的年度,是中国摩托车爱好者回顾自身的时刻,也是"首席探路官"元年。"首席探路官"一直努力想做到的,就是倡导"安全骑行、绿色骑行",传播骑行文化,倡导骑行生活。《首席探路官》,希望用好的故事和骑行体验,把行将遗忘的摩旅的美好留住,把不舍丢弃的摩旅的记忆寻回。《首席探路官》,不只是告诉你"一生一次",也不只是告诉你"全球可以这样玩",还想告诉热爱摩托车骑行的朋友:只要在路上,精彩的人生便已开始。

下一个路口,我们一起出发!

目录 Contents

前言

穿越亚欧，探知世界的入口
008

从"鸡头"到"鸡背"，纵观天山脊梁	10
一天四国，故地重游	13
二进克罗地亚，一场虚惊	15
乌克兰奇遇记，穿越顿巴斯战区	17
【探路官专访】宋神欢，走一场人生浩荡	23
穿越亚欧手绘示意图	24

极速万里，意大利神话
026

缘何 Super Fast	28
出发首日记	30
深夜罚单	32
痱子无医	33
"铁屁股"殊荣	34
【探路官专访】鲁剑，唯有热爱与敬畏不可辜负	39
意大利万里征途手绘示意图	40

人间炼狱，极致亚欧非
042

一半火焰一半海	44
德黑兰不开车	48
切尔诺贝利之殇	53
马里的崩溃	54
火线穿越	56
【探路官专访】尼比，了解世界需要勇气和智慧	59
极致远征三大洲手绘示意图	60

彩虹南非，反季节骑行
062

鲸鱼的启示	64
一路至美	67
沉醉红酒庄园	68
深入野生动物园	70
海边一日游	72
【探路官专访】修琳奕，让骑行成为生活	74
彩虹南非手绘示意图	77

CADA
Top Motorcycle Riders 首席探路官

澳大利亚，不知者无畏 078

天空之境	80
迷失雨林	80
摩旅做减法	81
北京之约	82
【探路官专访】程怡，一路长大	84
澳大利亚骑行手绘示意图	85

摩旅"新大陆"，不问西东 086

海南，最好的开始	88
闻香识路西海岸	90
蓝海与绿海	92
【探路官专访】宋涛，自由灵魂的守望者	97
海南环岛手绘示意图	98

环京之旅，传奇之路 100

古道行	102
翠云林间	104
非洲之境	108
【探路官专访】张澍仁，摩旅的使命职责	114
环京之旅手绘示意图	115

魔幻云南，梁王山之乐 116

有形之路与无形之途	118
小快乐与大开怀	120
【探路官专访】顾元，摩旅其实是场自我找寻	122
云南梁王山手绘示意图	123

一岛双面，一路海岸 124

古岸渔村	126
石头怪象	128
【探路官专访】幼安，小排量也可以有远方	130
海南环岛手绘示意图	131

一家五口，雪地火锅 132

摩旅的陪伴	134
世界的热诚	136
【探路官专访】邓天卓，从名企副总裁到举家骑行官	139
东三省及周边手绘示意图	141
2020 CADA 首席探路官活动回顾	142

CADA TOP MOTORCYCLE RIDERS

穿越亚欧，
探知世界的入口

77 天跨境 16 国

宋神欢（喝点儿可以）

📍 **路线**
中国—哈萨克斯坦—俄罗斯—爱沙尼亚—拉脱维亚—立陶宛—加里宁格勒（俄罗斯飞地）—波兰—捷克—德国—瑞士—意大利—奥地利—克罗地亚—匈牙利—乌克兰—中国

🌐 **里程**
23000 千米

⏱ **用时**
77 天（2019 年 6—8 月）

中国距离欧洲有多远？对于"亚欧穿越"而言，这是不能用"千米"来衡量的，因为成就这趟耗时 **77 天**、跨境 **16 个国家** 的摩旅需以顽强的生命力和遇挫弥坚的胆识来支撑。从中国地图上看，**7700 千米** 的"鸡背"之路是条迷人的曲线：它起始于内蒙古自治区乌兰察布市，一路西沿国境线，在沙漠和绿洲中穿越中国西部美丽的疆域：内蒙古、宁夏、甘肃和新疆；而后 **15300 千米**、深入欧洲腹地的摩旅更像是一次勇者不畏的修行，它在串联起东方与西方文明一隅的同时，也展示了一种新的可能——摩旅，能成为我们更深探知世界的入口。

S228 省道最后 20 多千米
山路充满欧洲气息

从"鸡头"到"鸡背",纵观天山脊梁

中国地图右上角,就像是一只轮廓清晰的"雄鸡头"。多年前,我曾沿着边境线走完了"鸡头"。2019年6月8日,以上一次摩旅的终点作为起点,我正式开始了亚欧穿越之旅。

它,东起于内蒙古自治区乌兰察布市的察尔湖,一路向西延伸至中西部边陲——霍尔果斯口岸。中国西部别具一格的自然与人文景观在国内这段7700千米的旅程中交相辉映:黄河览百川之壮,腾格里大漠浩如烟海,而嘉峪关作为古代丝绸之路的交通要塞至今看起来依旧非常雄壮。围绕丝绸之路的地理发现,曾打破了很多地域和文明的界限,中国通过丝绸之路逐步与世界"接轨"。

▲ 从S303省道驶入天山,经巴里坤湖到木垒,收获不错的骑行体验

骑行在350千米的沙漠公路上,穿越腾格里 ▼

为何要重新回溯这一段古丝绸之路?我想继续"雄鸡"的轨迹,在中国地图上划出一个完美的"鸡背"。也许还有更为重要的原因,就像中国最古老的地理著作《禹贡》中所描述的:"东渐于海,西被于流沙,朔南暨,声教讫于四海。"要想探知更深的世界,需要打破文明的壁垒,向东渡海,向西穿越沙漠。就这样,我一边穿越沙漠和绿洲,一边不断为头顶的云和脚下的湖赞叹,我甚至在赛里木湖畔有感而发,写下一路以来第11条"骑行中的碎片":如果只是等待,那发生的事情只能是变老,人生终要有一场触及灵魂的旅行。

这个世界上,有太多的路通往不同目的地,有的曲折蜿蜒,有的平坦笔直。从哈密至天山庙,S303省道逐渐显现出它的一路坦途,尤其从巴里坤湖到木垒一段,就像一条丝带一路延伸至草原腹地;接踵而至的S228省道,在最后的20多千米山路呈现出浓厚的欧洲气息;笔直的阿勒泰G216国道更是串联起了沿途绿洲,让人心境明朗。

S232省道经禾木的95千米山路堪称"跑山的天堂"。它曲折盘旋,萦绕着喀纳斯壮美的高山、河流、森林和草原。我仰望碧空万里和万千苍山,竟生出无限感慨和敬畏来。这可以媲美世界上任何所谓的跑山天堂!摩旅最讨厌回头路,而我还是打破常规,把S232省道又跑了一遍。

此外,独库公路也是这段旅程中精彩的一部分。短短几百千米横亘丛山峻岭,穿越深山峡谷,沿线浓缩着新疆最独特的风景线,雪山、草原、森林、湖泊……有人说,走完这条路便看尽了所有新疆的美好;也有人说,人生因穿越独库公路而更精彩。我,终于圆了独库之梦。有那么一个时刻,我感觉人生已经到达了高潮,但它不是终点,因为"旅行就是去一个地方,然后和它说再见"。至此,历时3周,我完成了"鸡背"之旅。

独库,天山之巅。感觉人生已经到达了高潮 ▼

国内摩旅攻略

🥤 **吃**
1）巴彦淖尔：巴彦淖尔饭店。
2）吴中：国强手抓。
3）伊犁：金凯生态音乐美食城。

🏠 **住**
国内行程中，除个别大城镇，多数目的地位于边境线小镇，住宿条件一般，基本入住当地旅馆，消费区间在200元人民币左右。详情查阅文末"酒店索引"。

🌐 **行**
张掖 G312 国道（往张掖方向）60千米修路。这段路对重型机车比较挑战，骑行将近2小时。

🧳 **游**
1）吴中：河套景色。
2）伊利：特克斯八卦城。
3）巴音郭楞蒙古自治州：那拉提草原，门票95元。景区管理人性化，摩托车证照齐全、签安全协议便可进入。
4）霍城：薰衣草田。

📍 **特色路段**
1）S303省道，经巴里坤湖到木垒路段，风景秀丽。
2）S228省道，最后的20多千米山路充满欧洲气息。
3）S216国道，笔直坦荡。
4）S232省道，进喀纳斯经禾木的95千米山路，可以媲美世界上任何所谓的跑山天堂。
5）S219省道，横贯塔尔巴哈台山至塔城一段，风景不亚于喀纳斯。
6）S318省道，穿越巴尔鲁克山脉，雄伟壮观，经过艾比湖时可一览百架风车。
7）X210县道，在博尔塔拉蒙自治州内50千米环半个赛里木湖，风景美得令人窒息。
8）独库公路，天山之巅。海拔在3700米左右，雪线差不多4000米。
9）X203县道，赛里木湖南侧段，还没有完全修到连霍高速出口，大概有7千米土路，人虽然少，但是风景一流。

💰 **消费**
人均400元/天。加油100元，吃饭100元，住宿200元。

🔲 **其他**
1）基本在150千米左右都有加油站，可以满足全程的加油需求。
2）很多朋友询问新疆地区骑行的安全情况，当地设有很多检查站，需要验证身份证，入住酒店时需要安检，除此之外与其他地区别无二样，可以放心骑行。另外，在新疆的加油站，可以通过验证身份证加油。

7月份,慕尼黑有点热,适合赶早进城

一天四国,故地重游

一天骑行四国,这事在欧洲很常见。7月份的德国,因为季节好,气候适宜,一路上总能遇到很多摩友。阿尔卑斯山下的小镇——加米施-帕腾基兴,每天都能看到几百辆摩托车。沿途时不时还有人向你挥手,也有人从屋里漫步而出看看是谁的摩托车经过。我喜欢寻找门口停放很多摩托车的咖啡店停歇,一来大家都喜欢的地方很少出错,二来和摩友相处总有"他乡遇故知"的感觉。大家坐在一起,喝杯咖啡,聊聊天。他们会问你从哪儿来,骑了多久,热情而又滔滔不绝地和你神侃半天。

时隔两个半月,17000千米,我再次回到这里倍感亲切。在亚欧穿越之前,我专程来德国参加宝马摩托车越野培训。2天的场地越野训练后,我们一行人定制了5日环阿尔卑斯山的培训,主要是为了把场地越野培训中学到的东西,通过这5天的非铺装路和跑山再强化一下,最后教练再根据个人出现的问题进行纠正,最终形成驾驶人员的肌肉记忆。我一直坚信:想走得远,就必须安全;想安全,除了专业的装备,技能提升尤其重要。我从德国南部的Allgau公路始发,穿过奥地利前往意大利后,穿越边界到瑞士,再次返回意大利。一路上,越野、公路、山路等复杂路况往复交错,为骑行增加了不少难度。即便如此,当我抵达加尔达湖和伊德罗湖并为之壮丽景色而兴奋不已时,我确信眼前美不胜收的景色就是我"穿越亚欧"最好的开幕。

▲ 每日骑行结束,小酌怡情

摩旅在欧洲有着深厚的文化积淀，除了人文情怀，还有成熟的配套服务。在慕尼黑宝马店里，我看见一个特殊的停车区，有很多挂着其他国家牌照的摩托车，询问得知，这些都是摩旅客人寄存的车辆。世界上有很多彻头彻尾的骑行者，愿意多次前往欧洲，而重复往返需要投入很大的时间和精力，这对于一般人而言都太过损耗。有了这样的服务配套，欧洲骑行似乎变得简单易行了，不必再考虑时间问题，只要余闲，一张机票即可启程；不必再担心长途跋涉，一个电话，即可将车辆托运到指定目的地。欧洲很多4S店都提供寄存服务，年服务费在800~1000欧元（包括车辆、装备）。我开始盘算着在欧洲买一辆二手车寄存，就以这样的方式开始下一次的北欧之旅。

重游阿尔卑斯的经历，就像是一种溶剂，它能打开心灵尘封的盖子；就像车轮下的路，走过的路越多，眼界就越开阔，所以我们永远在路上。

四国路线
德国—瑞士—意大利—奥地利

摩旅心得
在欧洲，与开汽车相比，我更愿意骑摩托车，因为老城街道狭窄，停车位少又贵，费用大概 5~6 欧元/时，一晚上大约需要 50 欧元，还不一定有位置，而摩托车停放比较方便，不需要停车费。尤其在旅游旺季，进出城都面临堵车问题，一般堵一两个小时很正常，而摩托车就不同了，除了等红灯，基本都可以保持 30 千米/时的车速前进。

意大利北部小城博尔扎诺，生活节奏很"懒散"▼

二进克罗地亚，一场虚惊

沿亚得里亚海南下，经过斯洛文尼亚宁静的海滨小城科佩尔，我抵达了欧洲宝藏国家——克罗地亚。它是马可·波罗的故乡，有卓然的美景和延绵海岸线；它面积虽小，却在地理和文化等多个方面继承了丰厚的遗产。普拉，罗马帝国的遗迹比比皆是；卡尔罗巴格，宁静安逸；斯普利特古城，气质经典；杜布罗夫尼克，我认为是克罗地亚最美的大城市……每一座小城都有自己的个性，于是我放缓了原本就不紧张的节奏，每天只行驶200多千米，漫游其中。

当我准备启程去黑山的布德瓦时，最大的一场意外发生了——我被克罗地亚的海关扣留，理由是申根签证过期了。几经辨别，我确认是自己大意，看错了日期。结局本该是我怀着无望的心情，登上回国的航班，被遣送回国，然而"剧情"反转了。一辆挂着中国牌照的摩托车，跨境十余国穿越亚欧，这样的行为似乎打动了海关人员。他们象征性地收取了一些罚金，并建议我返回克罗地亚首都萨格勒布，去中国大使馆解决签证问题。于是，我再次折返到600千米之外的萨格勒布。告别是再次相聚的动机，大抵如此吧！接下来两天，我忙不停地奔波，试图扭转这次突发的危机。

在克罗地亚普拉，罗马帝国遗迹比比皆是

▲ 克罗地亚瓦拉日丁郊外的小镇——普雷洛格，清新宜人

克罗地亚海边小镇卡尔罗巴格，宁静安逸 ▲

首先,我拨打了中国大使馆的援助电话,被告知签证必须由申根国家发放。虽然未能解决问题,但对方表示:如果最终不得不回国,中国大使馆可以帮助我协调摩托车的托运。此时,正值周末假期,而第二天就是克罗地亚的战争纪念日,依旧是个假期。无奈之余,我只能先照顾好自己,索性先去填饱肚子。

走进餐厅,我一身骑行装扮引来了一对德国"摩友"夫妇的关注。我描述了自己的遭遇,那位深表同情的德国先生立即拨通了德国大使馆电话,几番沟通下,确认了一条喜讯:大使馆不休驻地国假期。

第二天,我一早赶到德国大使馆。因为德国大使馆签证系统只能受理克罗地亚护照或者有克罗地亚绿卡的他国护照,对我爱莫能助。意大利使馆也是如此。当我在法国使馆得到同样答复时,感觉希望即将燃尽。这时候,负责接待我的女士拿出了一张地图,她友好地示意,前往下一目的地——乌克兰还可以选择走塞尔维亚,经罗马尼亚入境,或者直接从匈牙利入境。塞尔维亚对中国人免签,但罗马尼亚属于欧盟国家,行不通。我最后的希望,就只剩下匈牙利了。

第三天,我依旧一早赶到匈牙利大使馆。安检、递交资料、录入指纹……一系列常规流程后,我被带到大使馆内部的办公区。由于我的情况比较特殊,一般工作人员以及现有流程无法解决,只能由参赞亲自处理。等候了一杯咖啡的功夫,我终于走进了参赞办公室。那天的对话,我至今记忆犹新,字字难忘。他说:"你已经走过了这么长的路,我们会尽一切可能帮助你完成剩下的旅行。但是,我想我们只能通过'过境签证'来解决这个问题了。"原则上讲,过境签证只能发给需要就医的病人和跨境执行任务的警察,而像我这样的游客不在规定范畴内,大使馆需要向匈牙利外交部提交申请。

我回到办公区等候结果。这几乎成为了我生命中最漫长的40分钟,我不停地看着手表,盯着那慢慢移动的秒针,最终参赞微笑着走出办公室——"恭喜你,签证拿到了。"

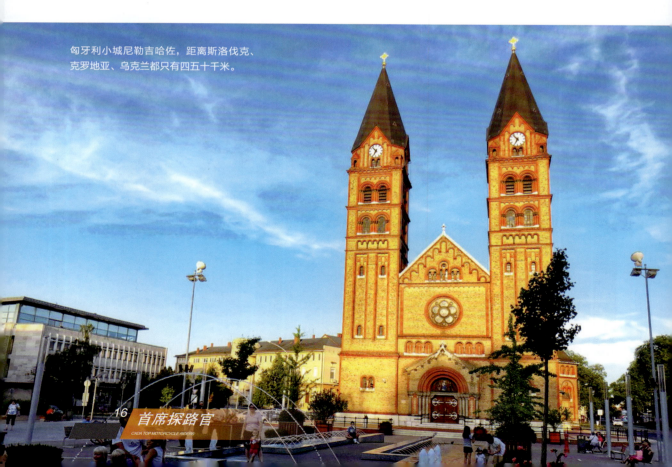

匈牙利小城尼勒吉哈佐,距离斯洛伐克、克罗地亚、乌克兰都只有四五十千米。

▲ 在文尼察,苏联战略火箭部队总部——现在的乌克兰空军司令部的建筑风格令我回想起国内的部队大院

乌克兰奇遇记,穿越顿巴斯战区

从匈牙利布达佩斯进入喀尔巴阡山后,我一路向北,经基辅和切尔尼戈夫,再逐一游走东部、中部、南部等十余个城市。乌克兰境内风景优美,很多源自十七八世纪巴洛克式建筑并没有被时间吞没,独特的花蕾和梨形穹顶历经风尘,在熠熠的现代依旧展示着美感。

在文尼察,苏联战略火箭部队总部——现在的乌克兰空军司令部的建筑风格令我回想起国内的部队大院;从容的切尔尼戈夫,让人从内心获得平静;苏梅,老城老街,带着特殊的时代气息;在尼科波尔,十里春风都不及那些泛滥滋长的野花。与乌克兰人民的好客和优美的景致相比,其国内的城市基建却逊色不少。公共设施都是二十世纪七八十年代苏联遗留下来的,因年久失修,略显破败。跑了2600多千米,没有坑的路面也就600千米,70%以上的路况都不理想。

我最初的行程计划中包括克里米亚。为此,我从哈尔科夫一路向东,闯入了持续多年内战的顿巴斯战区。2014年,乌克兰东部顿巴斯省的民间武装组织"全民公投",宣布成立"顿涅茨克人民共和国"和"卢甘斯克人民共和国",由此乌克兰政府与乌东民间武装在东部的顿巴斯省内形成对峙区,历史厚重,不再累述。

对峙区内,犬牙交错,基础设施建设都是苏联时期完成的,陈旧不堪。自从双方签订停火协议以来,虽然多年没有战火,但荷枪实弹的军人和重型坦克依旧可见。政府军和民间武装都没有限制平民穿越对峙区,但是乌克兰政府军设置了检查所,凡是从乌克兰进入顿涅茨克和卢甘斯克所在区域的人都要接受检查。途径哨卡时，驻军对于少见的中国面孔非常友好，他们毫不掩饰对于我的好奇和惊讶——一个中国人怎么就骑着摩托车到了这里？

骑过摩托车的人都知道，越野必须要有速度支持，如果没有速度，陷进坑洼路面就再也出不来了。而对峙区的路早已被坦克和重型车辆碾压得支离破碎，大大小小的深坑彼此串连，最深的约有0.3米，旁边还有插着红旗标识的地雷区，根本没有超车的条件，我跟在大车后面举步维艰。汽车一旦停下，我只能把车横过来，下道，再从两辆大车之间的空隙处骑上路面。幸好同路的驾驶人都相当友善，碰到这种情况也会下车来帮我挪车。于是，在37℃的高温之下，我一次又一次地重复这一系列动作，还没前进多少就已经汗流浃背，疲惫不堪。我这辆车的离地间隙280毫米，一共拖了4次底，底盘护板磕了两个鸡蛋大的坑。

即将抵达顿涅茨克时，一辆汽车在我身后频频闪灯。我停下车，从奔驰车上下来一名中国人——常驻当地的某机构中方代表。经过短暂的沟通，他建议我不要继续前行，一方面是局势确实紧张，对于游客来说太过危险；另一方面因为我的签证原因，即便到了克里米亚估计也无法进入。于是，我掉转车头，驶向敖德萨。

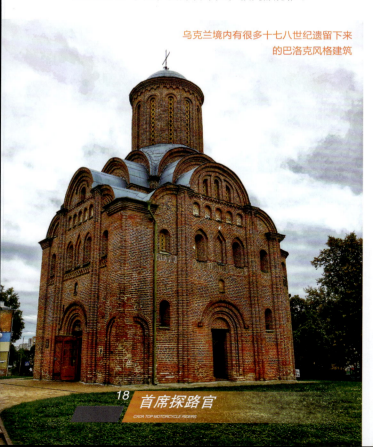

乌克兰境内有很多十七八世纪遗留下来的巴洛克风格建筑

乌克兰很多城市内都有醒目的纪念碑，深深烙印着历史的记忆，让人心情沉重。

乌克兰摩旅攻略

📍 路线
利沃夫—文尼察—基辅—切尔尼戈夫—苏梅—哈尔科夫—第聂伯罗彼得罗夫斯克—尼科波尔—赫尔松—敖德萨—普里皮亚季

👍 吃
1）利沃夫：Restaurant Villa Billa。
2）基辅：Beer Garden，Gastropub Restaurant。
3）第聂伯罗彼得罗夫斯克：Nightclub Restaurant。
4）尼科波尔：Mayami Hotel&Restaurant。

🏠 住
详情查阅文末"酒店索引"。

🌐 行
乌克兰的路况很差，道路坑洼很多，跑了2600多千米，没有坑的路面也就600千米。基本所有的公共设施都是二十世纪七八十年代苏联遗留下来的，年久失修。

💼 游
1）利沃夫：喀尔巴阡山，位于利沃夫市西南100多千米处，素有"森林公园"的美誉，乌克兰人避暑天堂。
2）基辅：圣索菲亚教堂。
3）普里皮亚季：Chernobyl Nuclear Power Station。在10千米核心区和30千米缓冲区，一天的辐射量相当于飞机飞越北极1小时的伦琴。整个事故目前已花费近200亿欧元。2019年，耗资近8亿欧元的全新4号反应堆穹顶启用，防止了1989年石棺中近180吨的核原料泄漏。但是，现在余下的清理工作，预计还要最少50年和近100亿欧元。

国外摩旅攻略

🥤 吃

在欧洲，去加油站里买酒和吃的是非常划算的，甚至比在城区超市买的还便宜。

我基本上都在大众点评、Tripadvisor 找一些当地的美食推荐。总体来说，我比较喜欢克罗地亚的地中海风味，当地酒好喝、海鲜好吃，而且便宜；去市场，买1千克青口才5欧元，拿到餐厅帮着煮熟了，配点酒，味道非常美味；德国南部靠近奥地利的地方特有的烤猪排也很不错。俄罗斯的美食，很多元化，我尤其喜欢吃当地的鲑鱼和熏鱼等。

🏠 住

我不会提前预定酒店。出发前会先在大众点评、Booking、Tripadvisor 网站先预选一两家酒店，每天在距离目的地 70~80 千米时再上网看之前这家酒店是否有房，再下单。有时候，在一家平台上的价格是 100 欧元，在另一家就是 60 欧元，建议对比看一下。详情查阅文末"酒店索引"。

🌐 行

行程：我享受摩旅的过程，享受好好欣赏沿途的风光景致。整个行程设定都把握在"休闲"的尺度，不急不缓，日均骑行约 400 千米左右，加上沿途休息和停车拍照，每天花在路上的时间大约 6 小时。

路标：欧盟国家的路，一位数的是封闭高速；二位数的是开放的国道；三位数的相当于我们的县乡道；四位数的基本是非铺装路，给农用机械用的，只有过村镇的路段是铺油路面。

过境：

1）霍尔果斯口岸出境相对顺利，用时4小时。尤其注意暂准进口单证册（ATA）核查在市区不在关口，否则时间会少很多。

2）哈萨克斯坦入境俄罗斯，过关挺顺，一道关口前面七八十辆车，但允许摩托车排到最前面。

3）入境爱沙尼亚，过关用时超过 1 小时，爱沙尼亚不认可中国驾照，海关不在 ATA 上盖章，经过努力交涉，成功推车过关。

4）从加里宁格勒入境波兰，过关等 3 小时，从没有中国摩托车用 ATA 过关，各种请示，但是工作人员态度友好，最终盖上了入欧盟章，一切顺利。

5）匈牙利入境乌克兰，从未有中国摩托车从这边入境，又是各种请示交流，一切顺利。

📡 安全

保养：长途旅行中，摩托车保养很必要。一般 5000 千米就需要做了，只要不超 50% 都可以，按照这个逻辑，就可以在出发前做好规划。比如，设计路线时，可以在地图上定好点位，多预留出 5%~10% 的里程，然后再搜索相对应的 4S 店即可。我当时预估从北京到俄罗斯圣彼得堡的骑行距离是 14000 千米，实际行驶距离 13000 千米，顺利做了保养，车况一直都很稳定。

车胎：出发时是公路胎，基本适用于国内这段路况，磨损不是很严重，到了俄罗斯圣彼得堡，做保养时换了 75/25 轮胎，在铺装路面上和原厂公路胎没什么差别，而且噪声很小。我的运气很好，到俄罗斯前没有扎胎。

导航：在国内，基本一个高德地图就搞定了；出境后，我配备了三个导航，两个手机分别用谷歌和百度地图，摩托车本身还有佳明导航。我发现手机上的百度导航在国外很好用。我用支架固定一个手机，基本不挪用。还有一个放在兜里，用来拍照、搜索餐厅酒店比较方便。

备药：我一般出去带阿司匹林泡腾片，如果稍微有点不舒服，基本上睡前 1 个阿司匹林泡腾片就完了，力度伸每天早上来 1 片，可以缓解驾驶疲劳；思诺思安眠药也是我常备的，有时候白天太兴奋，或者去高海拔地区会有头痛疲劳现象，可以用安眠药缓解一下。在路上，多吃点水果，补充点维生素。

"欧亚穿越"酒店索引

国内

- 乌兰察布：察尔湖度假酒店
- 阿拉善盟：阿拉善大酒店
- 武威：民勤国际大酒店
- 张掖：扁都口国际大酒店
- 酒泉：酒泉宾馆、敦煌宾馆
- 哈密：哈密宾馆
- 昌吉：木垒鲁新假日酒店
- 阿勒泰：清河海悦酒店、金都酒店
- 阿勒泰：喀纳斯白桦林度假酒店、吉木乃县草原石城大酒店
- 塔城：独秀大酒店
- 博尔塔拉蒙古自治州：阿拉山口大酒店、赛湖云上酒店
- 伊犁：伊宁伊犁大酒店、千招酒店
- 巴音郭楞蒙古自治州：巴音布鲁克宾馆
- 克拉玛依：玛伊塔柯宾馆

国外

- 萨哈克斯坦·卡拉干达：Park Hotel Karagandy
- 俄罗斯：Atrium Palace Hotel Yekaterinburg
- 俄罗斯：Hampton by Hilton
- 俄罗斯·喀山：Regina Hotel
- 俄罗斯·下诺夫哥罗德：Courtyard by Marriott
- 俄罗斯·莫斯科：Metropol
- 俄罗斯·圣彼得堡：Petro Palace
- 爱沙尼亚·塔林：Rija Old Town Hotel
- 爱沙尼亚·帕尔努：Esplanaadi（Oldshcool）Villa
- 拉脱维亚·里加：Hotel Daina Jurmala
- 立陶宛·维尔纽斯：Novotel Vilnius Centre
- 俄罗斯·加里宁格勒：Kaliningrad Hotel
- 波兰·弗罗茨瓦夫：Sofitel Wroclaw Ola Town
- 捷克·布拉格：Hotel Grandium Prague
- 德国·慕尼黑：Leonardo Royal Hotel Munich
- 瑞士·策尔内茨：Hotel Spöl
- 意大利·博尔扎诺：Parkhotel Luna Mondschein
- 奥地利·菲拉赫：Global Plaza Hotel Villach
- 意大利·的里雅斯特：Hotel Greif Maria Theresia
- 克罗地亚·普拉：Pula Hotel
- 克罗地亚·Karlobag：Hotel "Zagreb" Karlobag
- 克罗地亚·杜布罗夫尼克：Hotel Villa Dubrovnik
- 克罗地亚·瓦拉日丁：Hotel Panorama Prelog
- 匈牙利·布达佩斯：Opera Garden Hotel & Apartments
- 匈牙利·尼勒吉哈佐：Hotel Korona
- 乌克兰·利沃夫：Nobilis Hotel
- 乌克兰·文尼察：Hotel, Eastern European
- 乌克兰·基辅：Ukraine Hotel、Golosievo Park Hotel
- 乌克兰·哈尔科夫：Chichikov Hotel
- 乌克兰·敖德萨：Bristol Hotel

摩旅这东西,
每天不把车停好,
车不熄火都不算完成,
最容易出问题的就是最后快到酒店的时候。

探路官专访

宋神欢，走一场人生浩荡

那个被诅咒的2012年，人们都在讨论世界末日。宋神欢（喝点儿可以）偶然读到一篇"末日说"文章，顺带做了一道测试，题目大概是：假设真有世界末日，你有什么想做还没做的事情？他沉思片刻，随即提交了答案。"当时，我看到很多人都给出了同样的答案——骑摩托车，就想着，说干就干呗！"宋神欢的摩旅生涯，由此开启。

起初的故事很老套，是众多初骑摩托车的人都会有的经历。但是，细细品读他的故事，便能窥探很多打动人心的品格。

例如，他很爽快，第一时间去驾校报名，这爽快里有在繁杂世界成事者必须具备的一种素质；例如，他很真诚，为了顺利考取驾照，骑着别人的铃木125在停车场里加练，过程显得尤为生动而不呆板；例如，他很感性，骑着自己的第一辆哈雷摩托车和结识于微博的车友初尝摩旅，一路紧张、跌撞，竟有点苦涩；例如，他很执着，解锁了北京各"魔鬼公路"，并将跑山练车变成常态，继而这执着变得有态度。就这样，宋神欢以一种"诙谐"的方式开始，将摩旅过成了正经的生活，并与之有了密切、生生不息的关联。

"骑行的过程中，我可以不用和别人说话"，他坦诚自己更愿意把主要精力都花在沉思上，捕捉旅途中某一段故事、萃取某一刻精神、洞察某一点世事……这是他与世界的私会，源源不绝激发着内心的情感与渴望，他将这些获知悉数记录在《骑行中的碎片》。如今，当你翻看他的朋友圈，便足以了解他对摩旅的钟情与专注。

从2014年开始，宋神欢的摩旅征程一路跨越国境。他曾在一年内3次穿越俄罗斯，并在2019年底完成了他人生中第一次的亚欧穿越：耗时77天，跨越2.3万千米，途径16个国家。出发前，他专程到德国参加了宝马摩托车培训，对他而言，在路上敬畏之心是首要的信仰。"骑摩托车旅游和其他的方式完全不同，你会感到和大自然紧密地结合在一起。"他对自然的首肯暗藏着对摩旅的敬畏。"摩旅这东西，每天不把车停好，车不熄火都不算完成，最容易出问题的就是最后快到酒店的时候。"对宋神欢而言，摩旅是独特的生命之旅，即使前路荆棘，他依然愿意探寻。

梦一场绝世繁华，走一场人生浩荡。8年，是一个不短的时间，足以让太多事情发生变化，但宋神欢坚持用摩旅抵达了现实世界无法给予的豪情和自由。他说，摩旅是一场孤独的远行，而非孤单，蕴藏着巨大的精神力量。也许，我们终其一生也无法靠近理想的彼岸；或者，我们使出浑身解数也未能抵达憧憬的未来。但是，相比缺乏勇气和意志力而从来不敢尝试，这种坚持的力量更值得称道。

About the Rider
探路官简介

宋神欢（喝点儿可以），车友昵称"点儿哥"。深耕通信及软件行业近27年。2014年开始摩旅生涯，至今国内外旅程累计近13万千米。2019年亚欧穿越，77天途经16个国家，行驶近2.3万千米。

探路官

国内路线
北京—乌兰察布—巴彦淖尔—吴中—阿拉善—武威—张掖—酒泉—哈密—昌吉—阿勒泰—塔城—博尔塔拉蒙古自治州—伊犁哈萨克自治州—巴音郭楞蒙古自治州—克拉玛依

国际路线
中国—哈萨克斯坦—俄罗斯—爱沙尼亚—拉脱维亚—立陶宛—加里宁格勒（俄罗斯飞地）—波兰—捷克—德国—瑞士—意大利—奥地利—克罗地亚—匈牙利—乌克兰—中国

CADA TOP
MOTORCYCLE
RIDERS

极速万里，意大利神话

七日十国最速神话

鲁 剑

路线
中国—哈萨克斯坦—俄罗斯—拉脱维亚—立陶宛—波兰—捷克—奥地利—斯洛文尼亚—意大利

里程
10000 千米

用时
7天（2018年8月）

泥泞还是坦途，付出还是收获，璀璨还是黯淡，无需强调。这趟万里征途遍布冰与火的周旋，欢欣交织，甘苦相伴。从中国骑行到意大利，曾经是一闪而过的夙愿，也成为过小小的遗憾，却也托起了 2018 年夏天的最速神话——7 天穿越 10 国。急行出发、暗夜周旋、酷暑煎熬、雨夜翻山……过程中，两个伙伴以饱满的热情，应对一路颠簸，达成难得的认知与默契；抵达时，两个伙伴突破和逾越着不羁的魂魄，额外收获"铁屁股"的骑士荣光。他们是如何抵达应许之地，完成摩界"神游"？没有捷径，只有以恒定信念跋涉艰难，才是通途。亦如泰戈尔在《飞鸟集》中所写："信念是鸟，它在黎明仍然黑暗之际，感觉到了光明，唱出了歌。"

缘何 Super Fast

其实,早在 2015 年前我就为这次 Super Fast 安排好了剧本,但是剧情没有按照预想的情节发展。当 4 位伙伴于次年从北京出发,历时一个半月骑行到意大利时,我因为工作关系只能从北京飞到世界杜卡迪周(World Ducati Week)的现场和他们欢聚。我高兴于他们将想法付诸行动并顺利完成了亚欧穿越,同时我也将一份小小的遗憾埋藏于心。

对我来说,从北京到意大利的距离,不再是一组象征距离远近的、冷冰冰的数字,也不再是一次次往返世界杜卡迪周的繁忙差旅,它更像是一种情结。情结未完成的状态最难耐,我等待了整整两年。

2018 年,我和吕飞(摩托车行业资深人士)一拍即合。我们决定驾驶杜卡迪从新疆出发,前往意大利博洛尼亚,参加第 10 届世界杜卡迪周。上一次我遗憾缺席,那是杜卡迪有史以来第一支从中国骑到意大利的小队伍。而这一次,我和吕飞要用新的方式重走此间路。想要像风一样自由,得有风的速度,美其名曰"Super Fast"。这趟摩旅,因为各种各样的机遇而变得更有意思。我们恰逢第 10 届世界杜卡迪周,正值杜卡迪品牌进入中国 10 年之际,索性便以"10"为契机,将行程设计为——10 天穿越 10 国。而实际上,我们仅用 7 天便完成了这次意大利万里征途。

每一段伟大的路上难免波折。在不足两个月的筹备期里,上车牌、采买、置装、路书等准备都不是问题,真正制约我们的则是证件和车辆的交付。我在机场拿到哈萨克斯坦签证的那一刻,距离正式出发不足 12 小时;朋友将 ATA 单车注册从千里之外"护送"到新疆时,距离正式出发还剩 10 小时。出发前夜,我和吕飞才接收到两辆杜卡迪 Multistrada 1200 Enduro,经过一番检查改装后,距离正式出发已不足 5 小时。一通紧急操作,我们心情急切又激动不已。多日来的匆忙筹备,已迎来曙光,"出发"意味深长:唯有向前,才是对遗憾最好的弥补;唯有抵达,才能创造新的奇迹。那一刻我心里想:怎样的跋山涉水,怎样的艰难行途,都不重要,重要的是先睡个好觉,再出发!

▼ 想要像风一样自由,你得有风的速度,美其名曰"Super Fast"

▲ 得益于朋友们的帮助，我们在霍尔果斯出关，过程极为顺利。我和同伴吕飞将穿越 9 个国家。泥泞还是坦途，付出还是收获，璀璨还是黯淡，拭目以待

出发首日记

得益于朋友的帮助，我们在霍尔果斯的出关过程极为顺利。即将离开边防站时，工作人员温馨提示了一下：到那边多注意。虽然只有寥寥几个字，但我们心里是明白的：第一个入境关口不会像出境这么顺利。果不其然，我们在哈萨克斯坦迎来了最漫长的通关。

哈萨克斯坦海关对于非本国国民的检查非常严格，除了核实各种手续，所有行李都必须查看。工作人员貌似很认真，逐一翻看我们的随身行李，生怕会错过什么，凡是能让他们感兴趣的东西都要拿出来——"盘查"。就这样，还未来得及派上用场的强光手电被"盘"走了，5支GoPro有3支被认定为"禁品"，理由是每人只能携带1支。几经沟通才保全了5支GoPro。基本上，每一道关卡都非常耗时，就这样哈萨克斯坦入关耗时整整5小时。

闷声多时的发动机，终于在通关后复苏。两辆摩托车瞬间就像脱缰的野马，咆哮着在哈萨克斯坦广袤的大地上奔腾不休。更换了当地电话卡。浪子吾心，一片赤诚，准备大肆放纵于这浩瀚无边尘沙四野。然而，世事难料。捆绑装备和行李的绳子每间隔几十千米便会松懈，我们只能反复停车扎绑。在不断实践中，我和吕飞绑行李的手法和技艺愈发纯熟和老练，以至于后来无论在何种路况上，以什么样的速度前行，轮胎、工具和配件等装备都能稳固在加装的大行李架上，不偏不倚，牢靠稳定。接下来的十几个小时，我们一路诗景啸歌，驶过霍尔果斯，途经阿拉木图，穿过塔拉兹，最终用"1000千米"为当日画下句点。基于第一天的战绩，我们最后骑到意大利时足足比原计划提前了3天。

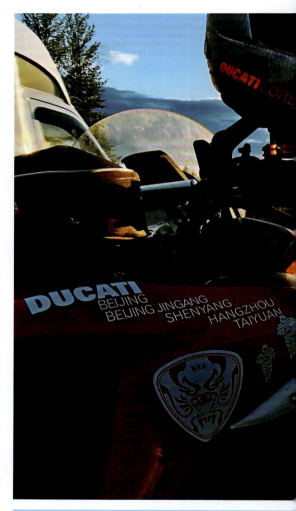

▼ 过程中,我们两个以饱满的热情,应对一路颠簸

深夜罚单

依旧在哈萨克斯坦,我们在深夜骑行在狭窄的道路上,没有路灯,亦看不清路标,只能跟随着其他车辆,保持安全距离同速前进。刚刚行驶过弯道,一辆警车便开上车道,尾随而来。我在路边停靠下来,独自走向警车。坐在车里的警察示意超速了,弯道限速40千米/时。他摆出要开罚单的动作。

我从衣兜里翻出了2000哈萨克斯坦坚戈(1元人民币约合64.0877哈萨克斯坦坚戈)递过去,他摇头挥手,态度决绝;我又从另一个衣兜里掏出2000哈萨克斯坦坚戈,他依然摇头挥手;接着我又掏出裤兜里的2000哈萨克斯坦坚戈,他仍然重复着同样的动作——摇头和挥手。于是,我把所有的衣袋裤兜翻出来,表示已身无分文,他才举起OK手势。接下来,我的同伴吕飞像我一样,做了一系列掏兜动作后,却只翻出4000哈萨克斯坦坚戈,他仍然不太满意。我想起包里的二锅头,于是拿出两瓶递过去,这事才算解决。

缴纳了1万哈萨克斯坦坚戈,外加两瓶二锅头,我们重新出发。后来,在和新疆的朋友聊起这次经历,他们说:"实际上2000~4000哈萨克斯坦坚戈就能搞定。警察不管本地车辆,只有看到国外牌照的车才追上来。"我们心里是明白的:大钱藏好,小钱分开放。

无论如何,这张深夜"罚单"的到来都给了我们一个提示:心怀敬畏,行路皆要思量。一路行来,我们总结出几条海外骑行经验:1)一定要左侧超车,切勿右侧超车;2)进入村庄前一定有限速标识,限速区间30~60千米/时不等,要严格控制车速;3)进入村庄前往往会有警察查车,而警车都是横着停在路边,方便追赶违章车辆;4)在俄罗斯骑行,如果对向车无缘无故向你闪灯,就是在告诉你有人查车。

莫斯科郊外也有可留恋的风景

脱掉骑行服里的甲衣,只保留汗衣;和同伴调换了一件相对轻薄的骑行服;行驶中敞开拉链,保持通风。这些方法,仅仅是遏制痱子继续恶化,并没有缓解的迹象。

到达俄罗斯后,我跑到药店买药,无一对症。后来我发现,俄罗斯冬季长而寒冷,夏季短而凉爽,不利于痱子的滋生,也就是说俄罗斯人根本不起痱子。痱子无医,唯有自愈。随着俄罗斯的天气越来越冷,我身上的痱子才慢慢消退。

俄罗斯之有趣,不仅仅是因为饱受折磨的身心在这里得到自愈。意大利万里征途,至此已经过半,值得做些什么来纪念一下,于是决定去红场。在俄语中,"红"含有"美丽"之意,"红场"的意思就是"美丽的广场"。在这样一座美丽的广场上,我和吕飞拿出了一面五星红旗,折腾近两个小时,拍出了那张经典合影:在俄罗斯美丽的红场,在两辆挂有中国牌照的杜卡迪前,两位中国小伙儿高举一面五星红旗,绽放着灿烂的笑容,那一抹绚丽的"中国红"最为闪耀。

痱子无医

从哈萨克斯坦到俄罗斯的骑行就比较有意思了。哈萨克斯坦比新疆炎热,热到什么程度呢?警察在街道上例行检查,都会抬起前脚掌,用脚后跟走路。这样怪异的步伐最初令人费解,直到我停车落脚的瞬间便感同身受——烫脚。我看了一眼摩托车上的仪表盘,显示着地表温度48摄氏度。一路以来,我们始终将身体严密包裹,头盔扣紧,衣链拉严,本意是避免风带走身体的热量,以缓解长途骑行的疲惫。在此之前,我们低估了哈萨克斯坦的"热情"。

到了晚上,仪表盘显示的温度与白天一致。也就是说,从早上8点到晚上8点,哈萨克斯坦的温度都是48摄氏度或以上,而我们却在这12小时里一直全副武装。由于高温出汗,汗腺排泄不畅,我前胸和后背都起满痱子。而后,从哈萨克斯坦入境俄罗斯时,我又经历3小时的暴晒,痱子从脖子一直蔓延到脚踝,状况越来越糟糕。不动的时候还好,一动起来痛痒难耐。我尝试着

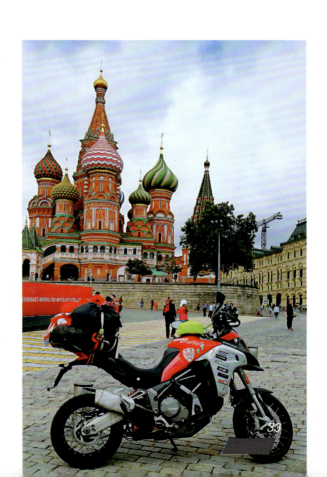

"铁屁股"殊荣

最后一天,从波兰直达意大利。一路上,我们经历了至少600千米的雨天骑行。尤其是从奥地利穿越阿尔卑斯山途中,滂沱大雨翻飞卷舞,视野模糊一片,两辆摩托车在上下坡交替与持续弯道的复杂路况上跌宕前行。随着海拔上升,体感温度越来越低,骑行历尽艰难险阻。在追风淋雨的过程中,既有跋涉的心酸,也有挣脱捆绑的超然。拿破仑翻越阿尔卑斯山时说过一句话:"永远不要对自己说不可能。"我和吕飞相互鼓励,彼此支撑,终究是翻过了风雨交加中的阿尔卑斯山。在凌晨3点多,我们抵达意大利博洛尼亚。终点已达,而骑行还在继续。

美国有一项历史悠久的骑士原则——铁屁股原则(Iron Butt),即不间断骑行1600千米就能收获"铁屁股"荣誉。我和吕飞有个共识——我们也得骑行1600千米。为了实现它,我们二人在办理入住后径直走出酒店,再次骑上杜卡迪Multistrada 1200 Enduro,去完成那最后的100千米。

在博洛尼亚市区内的穿行,不需要速度的刺激,那些文艺复兴时期的宫殿、哥特式的教堂和充满历史厚重感的老街都是额外的奖励。对我而言,抵达了博洛尼亚,意大利万里征途便已告成。之所以能够坚持,无非就是两个字——信念,正是这两个字让我们如愿抵达。回顾过往7天,其实每天都是甘苦相伴。我和吕飞,共同应对一路颠簸,达成了难得的认知与默契,最终成就了这趟意大利万里征途的最速神话。

◀ 7天穿越10国，我们最终成就了这趟意大利万里征途的最速神话

35

摩旅攻略

行程

第一天奠定了整个行程的节奏。基于第一天的里程,我们最后骑到意大利时足足比原计划提前了3天。

第一天
路线:(中国)新疆伊宁—霍尔果斯—(哈萨克斯坦)阿拉木图—塔拉兹。
里程:1000千米。

第二天
路线:(哈萨克斯坦)塔拉兹—阿拉尔斯克。
里程:1100千米。

第三天
路线:(哈萨克斯坦)阿拉尔斯克—(俄罗斯)奥伦堡。
里程:900千米。

第四天
路线:(俄罗斯)奥伦堡—梁赞。
里程:1300千米。

第五天
路线:(俄罗斯)梁赞—莫斯科—热泽夫—维利基耶卢基—拉脱维亚边境。
里程:800千米。

第六天
路线:拉脱维亚—立陶宛—波兰。
里程:800千米。

第七天
路线:波兰—捷克—奥地利—斯洛文尼亚—意大利。
里程:1600千米。

通关及签证

1)通关时,工作人员给你的任何东西都要保留,哪怕是一张小纸片,说不定到哪就用上了。

2)一定要找专业的公司办理ATA单车注册。

车辆改装

1）铁护手。为了应对这次长途摩旅，我们定制了一幅铁护手替换摩托车原有塑料护手。
2）后行李架。我们舍弃了常用的边箱和尾箱，为了保证通过性，减少风阻，我们在摩托车后座位置安装了大行李架。

装备及装载

1）轮胎、机油、修车工具、配件、85升&65升防水袋。
2）先把轮胎放在行李架上，机油放在轮胎内侧，工具和配件放在轮胎镂空处。一路上，轮胎不用卸下来的。

海外骑行总结

1）左侧超车，一定不要右侧超车。
2）进入村庄之前有限速规定，一般是30~60千米/时，一定要按照限速标识减速行驶。
3）进入村前大多会有警察查车。我们观察了一下，只要进村庄前有车横着停放的，基本就是查车的。
4）最可爱的是在俄罗斯，如果对向车无缘无故向你闪灯，就是在告诉你有人查车。

长途摩旅安全总结

我7天骑到意大利，每天骑行约1000千米，最后1天骑行了1600千米。虽然强度很大，但做到以下5点可以有效缓解长途骑行带来的疲劳。

1）充足睡眠。至少要保证8小时的充足睡眠，这样第二天骑行起来会事半功倍。
2）每日一检。车辆每天必须检查，像链条和螺丝可能会颠松。尤其是我们自己改装的大行李架，每天都会紧一紧。最好每天晚上清洗链条，然后上链条油。
3）及时补水。大长途要保证时刻补水。我们用水囊替代瓶装水，隔一两分钟就喝一口。用这样的方式补水，每天午饭后不会犯困。
4）自制营养水。可以用纯净水将一些功能饮料稀释，保持淡淡的甜味即可。
5）间歇休息。1~2小时休息一下，即便不累、不喝水、不上厕所，也要停下来。

长途摩旅心得

1）保护好自己。
2）要保护好车辆。
3）要在有可能的情况下保护同伴。
4）量力而行，不要逞强。

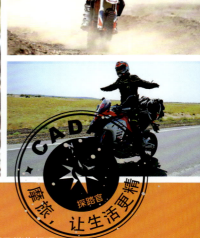

鲁剑，杜卡迪中国经销商网络发展及销售经理

1998年开始骑车，摩旅、赛道、拉力赛……尝尽骑行百味，摩旅足迹遍布中国各省市，2018年用时7天穿越意大利万里征途，创造摩界最速神话。

About the Rider
探路官简介

首席探路官
CADA TOP MOTORCYCLE RIDERS

探路官专访

鲁剑，唯有热爱与敬畏不可辜负

在杜卡迪中国任职8年，是鲁剑职业生涯中最繁忙的，但收获与惊喜也是出乎意料的。一年365天至少有三分之二的时间都在出差，但他仍旧激情爆棚，因为在这里寻找到了他自己想要的快乐与自由。"从汽车壳子里出来，再回到机车上，我才又领悟到人车合一的放飞自在。" 鲁剑从小与摩托车亲密相伴又挥手惜别，当他置身于摩托车行业，再次骑上摩托车时，以一种不耽搁热爱且愉悦自由的方式，找回了曾被剥离10年的激情，一发而不可收。

生活中，他不愿再坐回汽车里，被四方壳子束缚，他宁愿骑着踏板行驶在柏油马路上，也要享受操控的乐趣和快感；旅途中，他的骑行路线贯穿中国各省市，他喜欢一路骑行，听着车轮与地面滚动的声音，感受着风在耳边呼啸而过，并热衷将自己置于人车合一的状态；赛道上，他追求全力以赴，一门心思集中在那飞驰的几秒钟，极速争锋；拉力赛上，即使他在黑暗的沙漠腹地与死亡咫尺之近，也有着不可轻易退赛的执着与韧劲……他是尝尽骑行百味的人，体会过，感受过，因而生命更丰盈更生动。

谈到对摩托车的理解，鲁剑有太多感悟。"环塔拉力赛和赛道是一种竞技，成绩是练出来的，而摩旅是一种生活方式，承载的快乐会更多，让人心驰神往。"鲁剑尤其明白，投入越深，就越了解其中的困难度和深奥，因此无论是跑越野、跑赛道，还是跑摩旅，他只跟自己比；他也十分笃定，对摩旅有更胜一筹的热爱和生机勃勃的野心。在2018年的夏天，他用7天穿越意大利万里征途，创造了"前无古人"的摩界神话。他用事实证明，"热爱"可以产生巨大的能量，可以支撑一个人去向志愿所及的任何地方。

鲁剑对摩托车骑行至真至情，并乐于分享自己在其中得到的快乐与收获，言辞朗朗，饱含激情，这是天生的性情。你会想用"谦狂交作"来形容他，因为够坦荡，所以够堂皇。

"人生总有一段路，你是会一边哭着一边走完。"摩旅赠予他荣光，也送给他苦难。2015年，鲁剑即将40岁。他带队骑行至西藏，途径川藏路最险峻的一段路——通麦天险时，遭遇泥石流。山高路窄，弯急谷深，十几辆摩托车深陷险情。艰难跋涉中，一辆摩托车突然掉下悬崖，人和车挂在了一棵距离路面30多米高的悬崖树上。在危机时刻，两位随车领队毫不犹豫跳入泥浆，用绳子捆绑涉险人员和车辆。路上，众人在膝盖高的泥浆里拼尽全力，奋力拉拽绳子，经过不懈努力，终将掉落悬崖的人和车一点一点地拉回路面。"把他从泥浆里拽上来的那一刻，我紧紧拥抱他，眼睛里布满泪水。"他坦言，那是自己40年来为数不多的哭泣，也是哭得最悲壮的一次。这样的经历，旁人可能永远无法感同身受。

历尽千帆，鲁剑对摩旅、对摩托车骑行的思考越发深沉和持久，敬畏之心与日俱增。"经历过这么多，心中热爱不减。只不过在达到最终目标和快乐的过程中，会更加强调安全，注意细节，越来越严谨。"他在行程的空隙中和灵魂汇合，领悟生命中必须有的自然态度——唯有敬畏才能抵挡岁月漫长。

探路官

CADA TOP
MOTORCYCLE RIDERS

意大利万里征途手绘示意图

- 拉脱维亚
- 立陶宛
- 俄罗斯
- 波兰
- 捷克
- 奥地利
- 斯洛文尼亚
- 意大利
- 哈萨克斯坦
- 中国

探路官

路线
中国—哈萨克斯坦—俄罗斯—拉脱维亚—立陶宛—波兰—捷克—奥地利—斯洛文尼亚—意大利

CADA TOP
MOTORCYCLE
RIDERS

人间炼狱，极致亚欧非

145天险行亚欧非

尼比

路线

亚洲段：中国—塔吉克斯坦—乌兹别克斯坦—土库曼斯坦—伊朗—亚美尼亚—格鲁吉亚—土耳其

欧洲段：保加利亚—马其顿—阿尔巴尼亚—黑山—波黑—克罗地亚—斯洛文尼亚—奥地利—斯洛伐克—匈牙利—塞尔维亚—科索沃—罗马尼亚—摩尔多瓦—乌克兰—白俄罗斯—波兰—德国—瑞士—法国—西班牙—葡萄牙

非洲段：摩洛哥—毛里塔尼亚—塞内加尔—马里—布基纳法索—加纳—多哥—贝宁—尼日利亚—喀麦隆—加蓬—刚果（布）—刚果（金）—安哥拉—纳米比亚—南非

里程

40000千米

用时

145天（2019年6月）

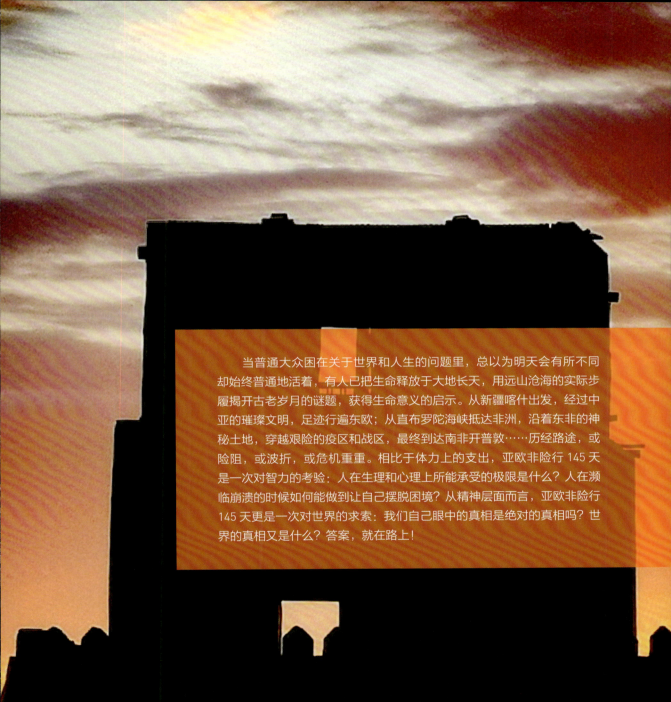

当普通大众困在关于世界和人生的问题里,总以为明天会有所不同却始终普通地活着,有人已把生命释放于大地长天,用远山沧海的实际步履揭开古老岁月的谜题,获得生命意义的启示。从新疆喀什出发,经过中亚的璀璨文明,足迹行遍东欧;从直布罗陀海峡抵达非洲,沿着东非的神秘土地,穿越艰险的疫区和战区,最终到达南非开普敦……历经路途,或险阻,或波折,或危机重重。相比于体力上的支出,亚欧非险行145天是一次对智力的考验:人在生理和心理上所能承受的极限是什么?人在濒临崩溃的时候如何能做到让自己摆脱困境?从精神层面而言,亚欧非险行145天更是一次对世界的求索:我们自己眼中的真相是绝对的真相吗?世界的真相又是什么?答案,就在路上!

在保留并不完整的布哈拉城堡（雅克城堡）里看日落，期待感很强。

一半火焰一半海

有一种说法：生活就是荆棘与鲜花并存。乌兹别克斯坦的经历亦是如此。刚一入境，当地人民就给了我们莫大的惊喜。路边小店老板一看到我们骑着中国牌照的摩托车，就兴奋地拿出一大瓶冰可乐，再折腾出两个高脚杯和一个碗。"斟满醽醁，会饮江湖"，不到5分钟我们就被敬完一瓶大可乐。生怕老板再来一瓶，再三道谢后，我们便落荒而逃。

当地人的热情好客，可以用纳沃伊的诗来形容："没有比生活在友谊之中更美好的事情。"带着这种美好的心情，我们抵达了"古老而肥沃"的撒马尔罕。这是一座美轮美奂的都城，古里埃米尔王陵、列吉斯坦广场、比比·哈内姆清真寺和shah-i-Zinda大墓地，每一处都映射着乌兹别克斯坦博古通今的灿烂文明。而后，我们在历史名城布哈拉，逐一参观了巍然的宣礼楼、庄严的神学院、奢华的夏宫，还有可观看布哈拉落日的雅克城堡。这些古代建筑大师卓越的智慧与技艺，虽经流年，并不蹉跎。几日来，我们都沉浸在它们倒影了时光的芬芳里，却不曾感知溢满着忧伤的清香即将扑面而来。

第二天一早，我们驶离布哈拉城区。戈壁取代了风景，连续炮弹坑就是车轮下的路。显然沉睡的魔咒已被唤醒，摆脱不掉的至暗时刻终于在85千米处来临——我的摩托车前钢圈爆了，还断了两根钢丝，已完全没气。与此同时，同行的伙伴——楼哥摩托车的后轮钢圈也不堪重负，严重变形，只是尚未漏气。我们身处荒野，没有网络

比比·哈内姆清真寺，在帖木儿时代被公认为东方最雄伟的建筑物

信号，没有补给，只能让车况尚好的队友继续前行寻找救援，而我和楼哥不得不原地待命。"诗和远方"显然已远去，留给我们的只有眼前的苟且——无尽的等待和38摄氏度的炙烤灼晒。

乌兹别克斯坦人民的热情好客再一次发挥效用，很多路过的驾车人主动停车询问，有的热情地提供工具，有的手绘地图告知维修信息，有的用草堆帮我们设置了警示牌。而我和楼哥一下忙活起来，不停地用肢体语言迎来送往。他们留下的几瓶冰镇矿泉水，给予我们安抚。历经3小时的煎熬，队友Frank带回了希望。失灵的摩托车和失魂的我们被一辆载货汽车拉回了布哈拉。

我们再次回到布哈拉，经过一番折腾，才找到当地唯一的一家专业做铝合金轮毂修复的铺子。因为当地没有可更换轮毂，唯一的解决方式是将轮毂锯开，再铝焊焊上。历时2个多小时的抢修，期间还驱车去别家店替换轮胎。我心里盘算着：这么折腾，一辆车的维修费用估计至少100美金，但最终成交价是9美元。没错，这是两辆车的维修费用。轮毂修复后回到铺子，老板招呼员工一起加班帮我们挑灯夜战忙到晚上9点，饭也没吃，最后还全体护送我们出发。折腾了一天，我们身心疲惫，但内心的感动久久不能释怀。在基本看不见摩托车的乌兹别克斯坦，能当天把车修复，实在难以想象。即便我不得不开着变了形的轮毂，只能以60千米/时的车速继续接下来的行程。感谢我的队友和伸出援手的乌兹别克斯坦人民，谢谢你们的热心和真诚，让我体会到了人间处处有真情。在此，我要为乌兹别克斯坦人民点个大大的赞。

撒马尔罕,作为中亚最古老的城市之一,丝绸之路上重要的枢纽城市,有着 2500 年的历史

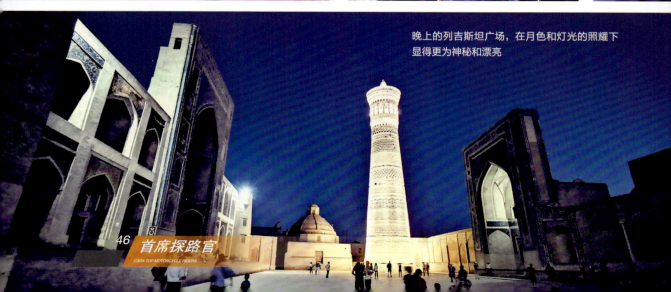

晚上的列吉斯坦广场,在月色和灯光的照耀下显得更为神秘和漂亮

乌兹别克斯坦攻略

路线
撒马尔罕—布哈拉—希瓦。

过境
1）乌兹别克斯坦的边境检查非常严格，汽车要拆除空滤、空调滤、车门夹板，用内窥镜检查油箱，所以违禁的东西不要携带。
2）入境超过 3000 美元现金需要申报。
3）从塔吉克斯坦进入乌兹别克斯坦一定走彭吉肯特，不用管 Google 地图，这条路非常好走。
4）在乌兹别克斯坦每到一个住宿的地方会给你一个有图章的纸，这个纸在出关前千万不要丢弃，海关会查验你住了几天，分别住在哪里。

加油
相比 2016 年，这里的汽油也很充足，95 号也可以加到了。

网络
乌兹别克斯坦除城市有 3G 外，其他地方基本没网络信号，不要迷信运营商的流量包或各代理商的流量卡。若有重要事情，别舍不得花钱，就直接电话或短信。

安全
路上的车辆明显比塔吉克斯坦多，车速很快，作风彪悍，千万不要乱穿马路。

货币
1）乌兹别克斯坦和 2016 年相比外汇的黑市基本没有了。
2）乌兹别克斯坦貌似没有硬币，钞票面额我见的最小的是 1000 苏姆的，一个甜筒是 3000 苏姆，1 美元换 8500 苏姆左右。
3）人民币在这里不像在塔吉克斯坦那么受欢迎，欧元估计比人民币还不如。

语言
乌兹别克斯坦和塔吉克斯坦都说俄语，英语的普及程度不高，所以沟通基本靠比划。

文化
1）关于打招呼。男人见面或致谢大都右手放胸口，一个眼神加点头示意，比我们逢人就问"吃了吗"要简洁。
2）关于抽烟。乌兹别克斯坦和之前的塔吉克斯坦差别不大，对抽烟的限制不多，很多地方都备有烟灰缸，但本国人抽烟的不多，主要是嚼一种烟叶加工成的绿色烟丝，感觉这种抽烟方式对别人影响较小，之后有机会也想试试。
3）冷热水的方向貌似没有标准，比较随意，提醒大家先放水确认后再更衣。

撒马尔罕游玩推荐
大多景点都很近，不用打车，步行皆可到达。景点门口贴着穿着要求，下身必须长裙或长裤。
1）古里埃米尔陵
推荐理由：集伊斯兰、突厥和印度等多种文明于一体的文化建筑。
开放时间：4—10 月 8:00—19:00。
门票：24000 苏姆。
2）列吉斯坦广场
推荐理由：撒马尔罕最著名的地标，被称为"撒马尔罕之心"。晚上的列吉斯坦广场，在月色和灯光的照耀下显得更为神秘和漂亮。
开放时间：4—10 月 8:00—19:00。
门票：30000 苏姆 / 登塔：20000 苏姆。
3）比比·哈内姆清真寺
推荐理由：清真寺的巨型蓝色穹顶绝对会让你惊叹，并被它的规模和美丽所倾倒。
开放时间：8:00—18:00。
门票：28000 苏姆。
4）Shah-i-Zinda 大墓地
推荐理由：Shah-i-Zinda 大墓地建筑群，其动人之处，在于陵墓内外装饰的青蓝拼瓷，以及各墓室和甬道之间的空间感。
开放时间：4—10 月 8:00—19:00。
门票：12000 苏姆。

德黑兰不开车

伊朗，这个经常出现在新闻联播里的国家，对我们来说却是如此的陌生和神秘。它建立了世界第一个横跨欧亚非三大洲的帝国——波斯帝国。这样一个文明古国，怎能不引起我的好奇，所以必须一探究竟。

我开着轮毂变形的摩托车，以60千米/时的车速持续行驶12小时后终抵伊朗。相比于乌兹别克斯坦人的热情好客，伊朗人有过之而无不及。停车休息时，他们纷纷跑来要求合照，当我们意识到没有办法休息了，只好硬着头皮继续上路；街角相遇时，他们继续要求合影，有甚者分别给亲戚朋友打电话，还让我们与对方讲两句；车铺修车时，他们硬要拉着我们去家里喝茶，还有人飞奔至挺远的商店，买来糕点和糖果；路上行驶时，他们探出半个身体，一定要递一瓶饮料，我只能一只手开着因轮毂变形而摇摆的摩托车，用一只手接过饮料，还要挥手致谢。刚开始时，我感觉还不错，渐渐地有点招架不住这似火的热情。于是，在前往德黑兰的路上，我们小心谨慎，尽量避开人群，即便停车都要找人少的地方。

德黑兰是第32个伊朗首都，是西亚地区最大的城市之一，也是世界上最依赖汽车的城市之一。城内遍布私家车、巴士、摩托车和出租车，高密度的车辆造就了拥堵的交通，而那些"艺高人胆大"的驾驶人更使"堵城"的路面混乱不堪。小汽车左右变道毫无章法；摩托车在车缝中快速穿行；乘载两三人的"摩的"开成了"飞的"。因此，在德黑兰，强烈建议坐地铁出行，基本可以带你到所有知名景点。

我们放弃开车，选择搭乘地铁，首先抵达列斯坦王宫。它位于德黑兰市中心，又称玫瑰宫，建筑风格独特，堪称伊朗建筑的精华。其中，最具特色的是明镜殿，宫殿内的圆形顶部和四周墙壁都用小块镜子镶嵌，各种光线的叠合使房间看起来分外耀眼，堪称伊朗建筑精华中的精华。此外，宫殿墙壁上还有著名画家克马尔·穆鲁克创作的数幅名画，使宫殿显得更加富丽堂皇、流光溢彩。

德黑兰另一个必打卡的地方——美国大使馆旧址。它承载的历史已被好莱坞搬上了荧屏，并获得第85届奥斯卡金像奖最佳影片奖，就是那部著名的《逃离德黑兰》。最后一个打卡的是伊朗自由塔，这是德黑兰首都的一个象征。它呈倒置Y形，塔高45米，广场占地5万平方米，底层包括一个博物馆和一个电影院，旁边有一个大型喷水池，还可以坐电梯到顶层俯瞰德黑兰全景。在参观的时候，一个阿富汗人不停地在旁边找我们闲聊。我们已经感觉不太好了，最后阿富汗人终于原形毕露，开始要钱，我们果断拒绝后便离开了。

在伊朗期间，很多朋友嘱咐我要注意安全。但实际上，伊朗国内完全没有任何的紧张氛围，没有传说中的军人站岗，也没传说中的警卫加强。这里，人们生活富足，每一天都把日子过得丰富美好。伊朗，这个在外人看来封闭的国家，有太多我们不知道的精彩。

我们不仅要看世界，更要去了解世界，对我而言，这才是旅行的真谛。

▼ 伊朗人生活富足，没有感觉任何的物资匮乏

▲ 伊朗自由塔,高 45 米,可以坐电梯到顶层俯瞰德黑兰全景

▲ 美国大使馆旧址外部围墙上大胆的涂鸦,吸引众多游客拍照留念

▲ 列斯坦王宫最具特色的是明镜殿,殿内圆形顶部和四周墙壁都用小块镜子镶嵌

▲ 伊朗自由塔呈倒置"Y"形,是德黑兰首都的一个象征

伊朗攻略

路线
博季努尔德—巴博勒萨尔—德黑兰—大不里士。

吃
1）在伊朗的餐馆，烤肉肯定不会缺席的，无论哪一家餐馆有多少道菜，最主要的那道菜肯定还是烤肉。常见的烤肉有羊肉和鸡肉，一般都配各种调料吃的。
2）在首都的高级乐队餐厅，吃和路边餐馆一样的餐食，价格却翻了10倍。
3）伊朗大饼就是薄饼，非常便宜。街头随处可见卖大饼的店铺。
4）听说到伊朗，一定要品尝当地的冰激凌，大不里士的冰激凌比德黑兰的好吃。
5）伊朗水比油贵。汽油1升约人民币0.5元，但水1升约人民币1元。

过境
伊朗是禁止酒精制品的，当然也不可以带酒入关。

公路
伊朗的公路建设与前几个斯坦国比起来，绝对好许多。虽是高原山地国家，但都是柏油路，路面平整，标识清晰；平均车速基本都能达到100千米/时。

过路费
伊朗的高速公路其实是收费的，不过他们的收费有点意思，就是到了类似中国的收费站入口，但是小亭子里面没有人，你需要到旁边的小房子里排队买票，最后在高速公路出口处，小亭子里的工作人员负责查验小票放行。

交通
德黑兰地铁买票进站全靠自觉，这点和欧洲很像，不过坐地铁的单身女性不多，基本都有人陪同。

时差
伊朗实行冬令时和夏令时，冬令时比北京时间晚4小时30分，夏令时比北京时间晚3小时30分。这是我环球几十个国家第一次碰到有半小时时差的。

购物
小摊贩基本不讲价的，所以不必拿出中国砍价技能，这里行不通。

货币
1）伊朗有发行新的钱，但新钱不是用来流通的，是用来收藏的。我们平时使用的钱币都是非常破旧的，这里人都是使用现金为主，信用卡是不存在的。
2）这里使用的货币都是里亚尔，但是伊朗人习惯以托曼(toman)来标示价钱，1托曼=10里亚尔，所以付钱的时候都要多计算一个0，还有这里1美元兑换130000里亚尔，每次买东西都是几十万几百万的给，所以大面额货币上0比较多，需要多数几遍。

文化风俗
在伊朗给女性拍照必须征得对方同意。

▲ 酒店遇见会说中文的伊朗人,热心地帮我们办理入住和换美元

▲ 伊朗人热情好客,我们受宠若惊

▲ 途中遇上去阿塞拜疆的一家人,夫妻两个带着三个孩子

▲ 当地一个摩托车俱乐部的人,陪同我们买电话卡,带我们去修车铺

时间定格在4号反应堆爆炸的时刻

切尔诺贝利30千米限制区

切尔诺贝利4号反应堆石棺

切尔诺贝军事雷达站

"死城"普里皮亚季

切尔诺贝利攻略

1）提前预约切尔诺贝利的旅行团，在乌克兰只有一家旅行公司承接此业务，报名必须登记护照信息，同时必须长袖长裤，最好还要做好防蚊措施。

2）切尔诺贝利30千米限制区的门口。在大门处有警察和军队守卫，仔细检查每一个人的护照，进行身份确认，然后签署相关文件并发放了一个类似GPS定位器的东西，要求每一个人都带上，也许是防止在被核污染地区乱走的原因吧。

天才蒙蒙亮，我便带上了秘密仪器，准备去切尔诺贝利核电站看看

切尔诺贝利之殇

1997年出版的《切尔诺贝利的回忆：核灾难口述史》（VOICES FROM CHERNOBYL）一书中，一位当年参与救援的消防员遗孀回忆：丈夫在临死前，皮肤逐渐脱落，头发一把一把散落，血肉模糊，咳嗽时经常呕吐出液化腐烂的内脏……医院的护士警告她："他已经不再是你的丈夫……他只是一个带有高浓度毒素的放射性物体，是一个活生生的核反应堆。"书中像这样的受害者有500多位，他们讲述的痛苦经历无一不充满恐惧、悲愤和残酷。

距离1986年4月26日发生的那场浩劫已过去了30多年。作为20世纪最重大的灾害事件，也是人类历史上最大的核灾难事故——切尔诺贝利核灾难的影响至今深远。本书作者阿列克谢耶维奇（Svetlana Alexievich）在采访过灾难受害者后发出了深刻感慨：时至今日我还是不解，我所见证的究竟是过去还是未来？曾沦为废墟的切尔诺贝利，如今已向世人敞开大门，许多人愿意走进去亲探那段历史，或愤怒，或悲悯，无论现场激发出何种情绪，待抽身离开时终会沉思：这是一个反思人类技术灾难的启示，不能被遗忘。而我就是这"许多人"中的一人。

"去探索知道却不了解的世界"，抱着这样的初心，切尔诺贝利成为了我摩旅行程中欧洲段的重中之重。

进入切尔诺贝利30千米限制区前，警察和军队进行了严格谨慎的检查并要求造访者签署一系列相关文件，随后我领取了一个官方配发的GPS定位器。第一站：LEILIV——30多年前被遗弃的村庄，如今被掩藏在茂密的植被下。房子残破不堪，屋内只剩狼藉。向导介绍，由于当时撤离急促，居民们被要求只身撤离。为了防止一些人返回家园，警察和士兵破坏了所有房子的玻璃和地板，并将屋内的物品全部销毁。

核辐射最高值的地方，就是位于密林深处的幼儿园。空荡荡的屋内，仅有两排锈迹斑斑的铁床架，地面上散落的练习册上已覆满尘土，还有支离破碎的洋娃娃被遗落在狼藉一片的森林里。我置身其中，伴随着盖格计数器的疯狂警报，能够深切地感受到当时撤离时的慌乱场面。

切尔诺贝利最最核心的地方——4号反应堆，已由5000吨碳化硼和沙子修建而成的钢筋混凝土彻底封闭起来，被命名为"石棺"。当我们站在石棺旁，手里的盖格计数器显示辐射量在1.4微西弗/时左右，并不是很大。究其原因，最近几年欧盟投资20亿欧元，罩了一个新的石棺，将背景辐射从之前的3微西弗/时降低到了0.5微西弗/时，效果显著。回想当时苏联派出60万抢险大军，分空、陆、地下三路，封锁切尔诺贝利这个大辐射源。其中，2万人在后来的20多年中相继去世，还有20万人成为残障，他们值得我们致敬。

最后，我们来到了普里皮亚季。它曾因切尔诺贝利核电站而兴建，也因切尔诺贝利核电站而陨落，沦为一座"死城"。普里皮亚季曾是一个比首都基辅还富有的城市，科学家、技术人纷纷迁移至此，领着丰厚的薪水，过着富足的生活。灾难发生时，5万居民尚在睡梦中，他们匆忙撤离，只留下城市的躯壳。我们踱步在那些破旧衰败的建筑中，只能通过其残破的框架勉强辨认它们的身份：餐厅、医院、体育场……在看似游泳馆的建筑里，墙壁上的钟表虽然还在走着，但似乎已将时间永远定格在了1点24分——4号反应堆爆炸的时刻。

离开普里皮亚季，切尔诺贝利之行也就结束了。要离开这里之前，每个人还要最后测量一次辐射量，只有合格了才能离开。回程途中，我脑海里依然浮现着切尔诺贝利的画面，心中的感慨油然而生。这是一个多么刻骨铭心的沉痛教训，因一场始料未及的事故，形成人间炼狱。而我们除了痛彻心扉，敬畏每一个生命，我们是不是更应该珍惜当下，对得起在这世界的每一天呢。

手机只有 2G 信号，连续的浮土、炮弹坑和搓板路看不到尽头 ▲

马里的崩溃

非洲之旅就是一场自虐的行程，你只有不断寻找困难中的乐趣，这样才能把这段痛苦变成伟大的旅程，否则这将会是你永远挥之不去的噩梦。曾经以为自己很能跑，但是到了马里却让我第一次骑摩托车骑到崩溃。非洲马里给我上了一课：如果超人会飞，我也想歇一歇。

出了塞内加尔坦巴昆达，悲剧开始上演，滚滚红尘，接连不断的炮弹坑，几乎没有一寸土地是平整的。在墨西哥、乌兹别克斯坦我先后两次被这种路况搞坏轮圈，已是杯弓蛇影。我保持20~30千米/时的车速行进，一路上陆续有载货汽车从对向卷土而来，头盔和头套完全无法阻止灰尘进入鼻腔，无奈只有再加一个口罩，这样虽然呼吸会有些闷，但是总好过大量灰尘进入鼻腔的那种窒息感。

我好不容易赶到边境，打开尾箱时瞬间就崩溃了，原来里面的鬼爪能量饮料爆瓶了。所有的文件和ATA单证都是浓浓的水果味和黏黏的糖浆，幸好这里空气太干燥，晾晒了20分钟就都干了。

原来对于马里的印象是脏乱差，但是进入马里以后，道路情况是非常的好，远超出我们的预想，同时路边的人都会主动打招呼，马里人还是有亲切感的。像这样温馨的感觉并没有持续多久。第二天从卡伊出来到渡口的路还算可以，下了渡船以后噩梦便开始了。

手机只有2G信号，连续的浮土、炮弹坑和搓板路看不到尽头。头顶着近40摄氏度的高温，虽然周围的风景很美，有些地方和美国的纪念碑谷很像，但是已无心欣赏，生怕走错一条线路就会报废我的全部行程。好不容易从RR3公路出来，120千米骑了近4小时，平均车速不到30千米/时，绝对是心灵和身体的折磨。然后，我想到RN25号公路条件会好一些，没想到过来一看要崩溃了，还有260千米等着我。

整个道路300千米没有加油站，没有小卖部，只有零星的古老村庄。感觉几天前刚下过雨，泥泞的道路异常湿滑。有些小溪没过道路，并且把道路冲得坑坑洼洼。有些道路很狭窄，只允许通过一辆载货汽车。从天亮开到天黑整整15小时，最让人担心的是和后援车辆失联超过12小时，我几乎准备报警了，幸好收到信息，他们由于路太烂几乎是以5~10千米/时的车速在蠕行。

一整天，我就靠着两瓶饮料和一包闲趣撑着，全凭一股"仙气"吊着，当然还有天空中的祥云罩着我。不过，在出了烂路以后，在加油站遇见一个老人挺有意思，看到我的车，和我打招呼后，就回家取了自己年轻时候的相片给我看，原来他曾经也是追风少年。直到晚上，我才抵达巴马科的酒店，也算是苦尽甘来。最后，我想说："马里，希望再也不见！"

狭窄的街道，漫天的尘土 ▲

马里攻略

路线
卡伊—巴马科

吃
在非洲吃午餐是个大问题，几乎找不到干净些的餐厅，来罐水果罐头也许是最好的选择。

过境
1）马里签证可以在达喀尔办理（我们是在国内办理的）。
2）塞内加尔出关很方便，先是护照盖章出境，然后是对面小房间交回入境时候给的车辆文件，就可以出关了。
3）入境马里先是入境签证盖章，然后在往前100米丁字路口右边像一个停车场的地方进入办理车辆手续。车辆检查很严格，缴费5000西法。最后再往前100米的一个匝道口前，先去右边登记车牌，然后去左边的窗口登记，一个给2000西法，最后再给一个1000西法。

货币
1）西非法郎区包括8个成员国（贝宁、布基纳法索、科特迪瓦、几内亚比绍、马里、尼日尔、塞内加尔和多哥）。
2）西非法郎和欧元是固定汇率1:650，和美元是浮动汇率1:400~600，所以这里还是兑换欧元比较划算。

火线穿越

从尼日利亚去往喀麦隆,我们提前规划出了四条路线:第一条,从尼日利亚北部到博科圣地,据说对中国人不太友好,开价100万人民币,不过可以还价到5万元人民币;第二条是过丛林,基本没有路,Google地图上没有找到通达线路,在实景模式下显示有一条林间车辙路;第三条,穿过喀麦隆政府军和反政府军的火线战场;最后一条是海运。据说海盗猖獗,其数量碾压亚丁湾。最终,我们决定穿越战区。

在尼日利亚口岸出境非常容易,过一座桥便是喀麦隆。当我们到达喀麦隆口岸,被边检劝返,理由是外国人不得进入危险区域。沟通无果,大家只有悻悻而返。折返途中,经过一座正在建造的边境大桥时,我的第一反应是"中国制造"。果不其然,在退回尼日利亚境内2千米处,我们找到了中地海外集团的基地。万万没想到,接待我们的竟然是赫赫有名的"中国第一位90后尼日利亚和喀麦隆双酋长"——李满虎先生。在他的帮助下,我们由喀麦隆地区武装部队一路护送到西北城镇——马姆费。由于管辖问题,我们被移交给当地警察局。

"万般皆是命,半点不由人。"在这里,我们上缴了护照,并被要求原地等待军队护送我们去阿拉杜。因为警察说酒店没有警察局门口安全,我们就这样在警察局门口过起了"日子"。而等待远不止他们所说的"一天"。白天我们用泡面和几片菠萝充饥,晚上就窝在后勤保障车里熬过没电的长夜。警察局在车外设置了岗哨,还有很多人通宵在车旁巡逻,至少我们是安全的。就这样熬过两夜,感觉身上都已经发臭。在尝试拨通各种能拨通的电话后,终于和当地的军队司令官取得联系,在此要特别感谢马姆费警察局局长-Nazire先生从中协调。

滞留警察局3天后,我们终于在6辆车护送下从马姆费出发,去往杜阿拉方向。当然,这次护送的不只我们一批人,还有其他车辆和人员加入。

军队担心我的摩托车太扎眼,会成为狙击手的目标,便要求将车放在皮卡上。为了说服我,他们还给我展示了各种被绑架的人被砍头剁手拉肚肠的照片!于是,我欣然接受。前前后后10位士兵,全副武装。一路上安静得有点可怕,除了我们几辆车在N8道路上飞驰,再无其他。其实,士兵们也是紧张的,毕竟危险是真实存在的,只是我们无知者无畏!一路上,换胎和补胎的事情接二连三,路况也是时好时差,直到日落后抵达安全区域——布埃亚,到此我们算是安全穿越火线。

我们从马姆费军营被送进布埃亚军营,再次陷入等待的煎熬,又经长官一番盘问。他很好心地说:"我们再护送你们去杜阿拉吧!"就这样,原本4小时的路程在他们的"细心"安排下走了9小时,终于入住酒店。我要好好洗去一身尘土,因为旅程还没有结束。

◀ 军队要求我把摩托放在皮卡上面,否则会成为狙击手的目标

中间男士为赫赫有名的"中国第一位90后尼日利亚和喀麦隆双酋长"——李满虎先生

我们由喀麦隆地区武装部队一路护送到西北城镇——马姆费

N3是喀麦隆的死亡公路,每天都有事故发生!

探路官专访

尼比，了解世界需要勇气和智慧

问：什么时候结束？
答：差不多五点。
问：你怎么知道的？
答：太阳下山了，他们要回家吃饭的。

2017年，尼比穿越南北极。他在抵达哥伦比亚时，遭遇当地武装冲突，被滞留在哥伦比亚25号公路上几个小时。他与当日执勤军警便有了如上对话。原以为是枪林弹雨，炮声轰鸣，实际上游击队与政府军在相互投石，仅此而已；想象中的战火无休，也会因为"到点吃饭"而戛然而止。"这个世界和想象的不一样"，自开启摩旅，他渐觉书本、网络和新闻已无法满足他对世界的好奇。

尼比始终抵不过求知欲的驱使，于是渐行渐远。2015年，骑行新疆；2016年，完成欧亚大环线；2017年，穿越南北极；2019年，历时145天极致远征亚欧非三大洲。骑行至今，尼比的环球摩旅已遍及一百多个国家。"摩旅的目的不是把摩托车骑到目的地，而是在路上经历的每一天，每一千米，遇见的每一个人，每一个景色，吃的每一顿饭，这些才是整个行程里面最无法让人忘怀的东西。摩旅会对你的人生观、价值观和世界观有非常大的改变。"他时常将一位友人的话挂在嘴上：这个世界上只有两件事必须自己去完成。一件事，读万卷书；另一件事，行万里路。只有这样做了，才能去了解这个世界。对此，他深信不疑。

为什么道尔顿公路被视为死亡之路？是什么导致了塞尔维亚和黑山的爱恨纠葛？为什么南非的土著是荷兰人而非黑人？墨西哥什么地方有最好喝的Mojito？他在漫长的旅途中，感受着生命的悲情与欢喜；他在无数次的邂逅里，探寻真相——真实的世界是什么样的？

"真实的世界实在太有意思了"，他说。即便这摩旅是苦的，就像在"极致远征亚欧非"中，他常有到下午2点还未进食的经历，随便从后备箱里拿出来前天早餐剩下的一个鸡蛋和一块很硬的面包，喝着早上从酒店打来的冰水，然后看看那辆遍体鳞伤的摩托车：变形的前轮、没有盖子的发动机、电动机失灵的排气管……状况如此窘迫，他依然乐在其中；即使摩旅有太多的未知，依然是"三大洲之旅"，他提前100天做足规划和准备，依然无法避免将自己置于喀麦隆火线和埃博拉疫区的危险境地，他将在孤立无援下的自救过程视作对心智的考验。

对世界上的事情了解越多，他越能感受"你有你的计划，世界另有计划"的美妙。"摩旅，每一天都是未知，我们会对每一天的未知充满期待和向往。但是，我们不是冒险家，也不想成为意外的牺牲品，我们也热爱生活。"罗曼·罗兰曾说，世界上只有一种真正的英雄主义，那就是认清生活的真相后依然热爱生活。

尼比想告诫那些"后来者"：了解世界需要勇气和智慧，但不必逞强。

尼比，一个喜欢骑着自己心爱的小摩托全世界闲逛的人。
2015年，第一次摩旅，骑行新疆；2016年，骑行欧亚大环线；2017年，穿越南北极；2019年，历时145天极致远征亚欧非三大洲。2015年骑行至今环球12万千米。

About the Rider
探路官简介

亚洲段路线
中国—塔吉克斯坦—乌兹别克斯坦—土库曼斯坦—伊朗—亚美尼亚—格鲁吉亚—土耳其

欧洲段路线
保加利亚—马其顿—阿尔巴尼亚—黑山—波黑—克罗地亚—斯洛文尼亚—奥地利—斯洛伐克—匈牙利—塞尔维亚—科索沃—罗马尼亚—摩尔多瓦—乌克兰—白俄罗斯—波兰—德国—瑞士—法国—西班牙—葡萄牙

非洲段路线
摩洛哥—毛里塔尼亚—塞内加尔—马里—布基纳法索—加纳—多哥—贝宁—尼日利亚—喀麦隆—加蓬—刚果（布）—刚果（金）—安哥拉—纳米比亚—南非

CADA TOP MOTORCYCLE RIDERS

彩虹南非，反季节骑行

漂洋过海来看你

修琳奕（修修）

路线
乔治—杭拜斯—帕尔—罗伯逊—奥次颂—乔治

里程
2000 千米

用时
13 天（2019 年 7 月）

素有"彩虹之国"美誉的南非与中国相距遥远。其国内地貌、气候复杂多变，动植物和自然景观独树一帜，人文风情与宗教文化绚丽多姿。在国人心中，它充满神秘色彩，而对于骑士还有一个不得不去的理由——南非以 BMW 评选出"Top Five 五大骑行圣地之一"而著称。7月，正值中国夏季，而此时的南非已入寒冬。凛冽寒风奇袭下的南半球是什么样子？它是否依然如《走出非洲》写得那般：大地的色调，如同经过烧制的陶器一般干燥；而树木上悬挂着的叶片，轻薄而微妙？反季节的南非之旅，即便没有了灼灼烈日，还有原野，还有飞驰的机车，还有无数的故事。

鲸鱼的启示

这一段路可以说是我对南非的第一印象了。7月的冷风奇袭,时刻提醒着我已经从炎炎夏日的北京来到了凛冽寒冬的南非。这里的冬天,不同于我所熟悉的冬天,虽然气温很低,但街道两旁的植被枝繁叶茂,并无丝毫萧条之态。我和小伙伴们也都换上了抗冻的拉力服,一起在一眼望不到尽头的平坦公路上飞驰,道路两旁时而是绿油油的草地,时而是金灿灿的油菜花。

路过的小镇背后是高山,在大雾中若隐若现,宛如一幅水墨画。为了拍照,我们在这里停车稍作休息,原本想问一下小镇的名字,可是一个当地人都没遇到。远离城市的路段,车辆也很少,刚好让我们能更好地享受摩托车带来的自由和畅快。摩旅的魅力,就在于你根本想不到自己会与怎样的风景邂逅。也许,我永远没有机会知道这个小镇叫什么,但它的样子会一直在我的脑海中浮现。

当地特色的鸡尾酒,是用朗姆酒调制而成,口感很甜。面包是新鲜出炉的,表层酥脆,里层松软,搭配可口的内馅,简直是忙碌旅途中的一大享受。不常出国的人好像免不了会担心:吃不惯当地特色美食又买不到中餐怎么办?其实,很多的时候你只需要一个尝试的机会,一些你没吃过的食物也许更符合你的口味,会给你一种"打开了新世界大门"的美妙体验。

在落日余晖下,我们行驶过海边,阳光洒在海面上,波光粼粼,海边的建筑物也被暖暖的金色笼罩。停下来拍照的我和小伙伴们,也有种被温暖包裹着的幸福感,低温带来的寒冷也被抛之脑后。

在这里,值得一提的是看鲸鱼。每年来杭斯拜看鲸鱼的人都很多,鲸鱼跃出水面的一瞬间没能及时拍下来,但是那一幕刻在了我的脑海中。这片海域带给我的,不只是美丽壮阔,更多的是对大自然和生命的敬畏。随着生存环境被破坏以及牟私利者的偷猎,海洋生物的数量也在逐渐减少,尤其是大白鲨,已经濒临灭绝。如果站在海洋食物链顶端的它们真的不复存在,那生态环境也会随之崩溃。保护海洋动物和海域环境,最终受益的其实是我们自己。

每年来杭斯拜看鲸鱼的人都很多,鲸鱼跃出水面的一瞬间没能及时拍下来,但是那一幕刻在了我的脑海中

▲ 冬季的南非,虽然气温很低,但街道两旁的植被枝繁叶茂,并无丝毫萧条之态。我们在一眼望不到尽头的平坦公路上飞驰,道路两旁时而是绿油油的草地,时而是金灿灿的油菜花

◀ 路上遇到不少外国友人，看到我们会互动起来，非常调皮

◀ 行越高山，穿过灌木。在陡峭的半山腰上俯瞰平原

◀ 当日行程结束时，我们决定用一顿丰盛的牛排来补充体力

一路至美

时差还没倒过来的我,凌晨4点多就醒来了,和同样因为时差而早起的小伙伴一边聊天一边等着日出。吃完早饭和民宿老板养的3条狗玩耍起来,直接毫无形象地躺在草地上和它们一起嬉闹。等小伙伴们都收拾好行装,便出发上路。偶遇修路,我们只能绕道避开非铺装路,原计划200千米的路程最终变为270千米。正因如此,我们收获了别样的风景。人生如此,有失有得,所失去的都会以另一种方式归来。当我们驶离人口密集的城镇地区,沙漠和草原便映入眼帘。一条路两道风景,一边草木茂盛,一边草木稀疏。我们走过了沙漠和沼泽,景色不断变化,愉快的心情倒是一成不变;我们行越高山,穿过灌木;我们在陡峭的半山腰上,俯瞰平原,远眺大海。

这一路上,我们遇到不少外国友人,他们看到我们就举起相机拍照,还会和我们互动起来,非常调皮。经常出行的我每次出国骑行都会遇到热情友善的陌生人,打招呼或是合影,即便如此习以为常,每一次的相遇依旧让我感动。素昧平生,却可以真诚相待,这是骑行者在路上最温暖的获得。

我们有幸看到了成群结队的狒狒在路旁玩耍,并没有停车去打扰它们,因为这些看起来憨态可掬的动物,其实有很长的獠牙,并且携带大量病菌,其友善程度和《狮子王》里的拉费琪完全不是一个等级。因此,千万不要试图接近野生狒狒。

从杭拜斯到帕尔,这一段可以说是南非骑行中景色最丰富多彩的,不断变化的风景让摄影师都舍不得放下相机。一路上,我们和山峰草木相伴,与沙漠沼泽为伍。在当日行程结束时,我们决定用一顿丰盛的牛排来补充消耗的体力。

反季节的南非之旅,即便没有了烈日,还有原野,还有飞驰的机车 ▶

沉醉红酒庄园

告别帕尔，我们启程前往罗伯逊。早上出发时，云雾缭绕，等大雾散去后，天气比之前更加明媚。南非人喜欢和朋友相约，坐在庄园里品酒，顺便晒着太阳聊着天。说实话，我还挺羡慕这样的生活节奏，舒适自在。我们选择的酒庄坐落在葡萄园和奶牛场之间，看起来毫不起眼，却是个饕餮之所，美酒美食应有尽有，非常适合与家人或是朋友把酒言欢。和我一起来南非的小伙伴，都是热爱骑行，热爱摩旅的人，志同道合的我们都很期待罗伯逊度过的惬意时光。

开始跑山啦！这一段路上的景色，让我仿佛看到了"新西兰 Deer Park"。空旷的路上，更能感受到南非冬季的冷风，只有把自己裹得严严实实的才能保留住温暖，这个时候就非常庆幸自己带了足够多的拉力服。山下是绿油油的草地，山顶被一片烟雨笼罩。一束光穿透云层，照亮了平原上的村庄。走着走着，突然被停在路上闪着警灯的警车吓了一跳，几个警察面色沉重地站在一起，围观着什么。我们还以为出了事故，赶紧放慢速度，带着好奇凑近一看，原来他们是在想办法解救一只受困的小羊羔，这也太有爱了吧！这一瞬间，让我们觉得身材高大魁梧的警察也变得萌萌哒。

由于抄了近路，我们提前抵达酒庄。我们一行人悠闲地在河边吃着自制三明治，品着酒，摄影师却在一旁卖力地找角度拍摄。看到这一幕，酒庄主人随即送了两瓶酒，并邀请我们参加晚上 BBQ。品酒的乐趣，在于你可以尝到不同的口感，从中寻找你最中意的那一款，这似乎和找伴侣有着异曲同工之妙。

一番欢愉后，暮色来临，天上繁星闪烁。《狮子王》里有过一段对话：
彭彭问："天上那些一闪一闪的是什么？"
丁满说："那是萤火虫被困在黑黑的罩子里面。"
彭彭说："那是几千万光年之外的气体在燃烧。"
辛巴说："曾经有人说过，那是逝去的君王在天空中正看着我们。"
那些逝去的人，是不是也在天上这样看着我们？这时，我仿佛忘记了一切，只想呆呆地仰望南非美丽的星空。

山下是绿油油的草地,山顶被一片烟雨笼罩。一束光穿透云层,照亮了平原上的村庄

深入野生动物园

奥次颂位于高原地区，气候常年干旱，但却十分适合鸵鸟的生长，南非绝大多数的鸵鸟养殖农场都聚集在这里。我们也在南非偶遇过鸵鸟群，看着摩托车经过，鸵鸟们都竖起脖子观看。我们被密密麻麻的小脑袋一路目送，这感觉真的很奇特。

一路疾风，车身都被吹得微微倾斜，感觉稍不小心就会倒过对向车道。道路两旁是苏格兰高地的既视感，没有了巍峨的高山，只有壮丽辽阔的平原。这是一段九成新的柏油路，如果我的RR在手，必定是这山路上最快的仔。走着走着，道路两边突然变成了黄沙，大概是因为中部缺少雨水的原因。再经过一段非铺装路的跋涉后，我们终于抵达野生动物园，这时夜幕降临。

次日一早，我们开始探索野生动物园。园区种植的芦荟，个头比我还要高！这里与泰国不同，没有给大象洗澡的项目，其实它们也真的不太想一直洗澡。喂大象吃了南瓜和胡萝卜，母象十分挑食，只吃南瓜，吃剩饭的任务就由公象承包了。走之前，我们还和大象来了一个爱的抱抱，暖暖的大鼻子着实给了我冬日的温暖。不过，大象的体毛超级粗，粗到扎手。看过了食草动物，当然也少不了食肉动物。虽然有工作人员陪同，但是近距离接触豹子还是很需要勇气的，毕竟之前在电视上看到的都是它们捕猎时的样子。不过，豹子摸起来还是很舒服的，软绵绵的，像是未打理毛发的小野猫。

我们用两天的时间，亲密接触了生活在南非的动物。有体型健硕的大象，也有小巧可爱的鹦鹉；有威风凛凛的豹子，也有呆萌慵懒的河马。在野生动物园的它们，既能得到照顾，又能保持原本的生活状态和习性，非常幸福。不过反过来想想，野生动物保护区的存在，是因为偷猎者的捕杀和被污染的大自然使它们难以存活。因此，只有提高人们的保护意识，才能让所有的野生动物和人类在地球上和谐相处。

▲ 南非绝大多数的鸵鸟养殖农场都聚集在奥次颂

◀ 豹子摸起来软绵绵的，像是未打理毛发的小野猫

◀ 走之前和大象来了一个爱的抱抱，暖暖的大鼻子着实温暖

海边一日游

利用在南非的最后一点时间,我和小伙伴们一起去了海边。

从野生动物园出来的我们,正好赶上了一场毛毛雨,伴随着5摄氏度的气温,让带着头盔的我都冻到流鼻涕。看着天空和云朵像被洗过一样清澈透明,又觉得受冻也值了。南非,不愧为"彩虹之国",一场雨过后看见两次彩虹。

走过60千米的山路,我们顺利抵达海边。我喜欢海,于是小伙伴们特意把两个停靠休息点都选在了海边。裹着四层拉力服的我,看着当地居民穿短袖T恤在海边散步遛狗,还有人赤裸着上身晒太阳,我们宛如活在两个季节。

我在悬崖上眺望,偶遇了鲸鱼一家三口在海里嬉戏,于是赶忙放出无人机记录这美好的时刻。看着它们无拘无束地迎浪而上,还生出了几分羡慕。巧的是,我们在这里碰到了之前一起入住野生动物园的一家人,他们从德国来此避暑,听着他们"吐槽"德国32摄氏度的高温,曾在北京顶着40摄氏度高温骑"烤箱"的我,内心毫无波澜,甚至有点想笑。在南非的这几天,我发现南非的车友互相不打招呼,大概是因为靠左行驶右手不能离开车把,只能点头示意。于是每次在路上,只要看到穿着车服拿着头盔的人,就互相给对方一个"确认过眼神,你是对的人"的表情。

筹划了小半年的南非摩旅,即将告一段落。我们用阳光、沙滩和海浪声为此次行程画上句点。南非摩旅,亦如它的名号——彩虹之国,给了我们一段多彩绚丽的骑行体验。

摩旅攻略

吃
南非美食具有浓郁的非洲风情，长久以来深受东、西方及非洲饮食文化影响，形成了自己独特的美食文化。必须要安利南非的肉食，用国内一半都少的价格享受到盘子里同等品质的牛肉。葡萄酒也物超所值，每一口都是享受。

行程
行程覆盖出海观鲸、品地道南非红酒、逛野生动物保护区、暗夜星空保护区、鸵鸟繁殖区、甘果洞、非洲最南角和花园大道。

四季骑行服必备
12—2月是当地盛夏，中部地区气温高达40摄氏度，选择薄款拉力服。
3—5月是当地秋季，也是适合骑行的季节，适用保暖性骑行服。
6—8月是当地冬季，早晚温差较大，气候干燥偶尔阵雨，选择中薄款冬季骑行服加上雨衣。
9—10月是当地春季，赏花观鲸绝佳，选择薄款拉力服。
11月是当地春夏之交，温度舒适，选择薄款拉力服或轻薄内衬的夏季网眼骑行服。

探路官专访

修琳奕，让骑行成为生活

本来已经回温的北京，忽被倒春寒袭击，刚准备吐露新芽的树木，又决定逗留几日，然有的人注定在路上，风雨无惧。修琳奕，北京大妞，金融专业背景，曾在英留学和创业。短短四五载，她却成为业内为数不多的女性摩旅达人，颇有声名。朋友们称呼她修修。我们的访谈约在望京。修修直爽道："成，我骑车过去。"

隔着咖啡店玻璃窗，我一眼就认出她。身形高挑，手拿红头盔，黑亮的过肩麻花辫，还留着风吹过的痕迹，又酷又飒。身后是她的心头爱宝马 S1000RR。她双目炯炯，周身却散发着恬淡静谧，这种反差与写字楼穿梭的男女大为不同。即使没有摩托车的行头，她仍属人群中特立独行的那种。她与城市，与人群，似乎有着天然的疏离。如何跨上摩旅之途？看过怎样的风景？带着种种疑惑、钦羡和好奇，我走出门对她挥手。

坐定之后，未及寒暄。

我问道："如何爱上摩旅？"

她回答道："我心里一直想去趟贝加尔湖，2015年回国，恰好一个朋友提起要摩旅，目的地就是俄罗斯，在完全没有拉力经验的情况下，随一众伙伴出发。包括车和雨衣都是朋友赞助的，可想而知，新手所必经的兴奋、摔车和恐惧等，我完全经历了。也正是此次行程，让我知道自己真正热爱的事情——并非爱好，而是将'冒险与挑战'当作使命。"

逐梦成功，也让修修认知到专业技能的欠缺，遂请了教练进行为期 3 个月的"魔鬼训练"。从此以后，大理、丽江、西藏、台湾、香港；然后，南非、新加坡、泰国、南迦巴瓦……2019 年 6 月，她成功登顶珠峰大本营。或受官方邀请带队出行，或一个人独自上路，她已不能停歇。她说："人生只有一次，要为热爱而活。这是国人尤其缺乏的，每个摩旅人都是庸常世俗里对世人的教育。"

修修生在知识分子家庭，自幼聪颖可人，琴棋书画，长笛游泳，无一落下且成绩斐然，被培养和"塑造"为典型的乖乖女，后出国留学。依照父母亲的预期，公司

金领抑或自主创业,而后嫁于良人。可惜短暂名企供职和创业不久,她一意孤行地骑上摩托车,将"爱好"与"职业"合二为一,人生轨迹掉头转向,并飞驰往前。"自从我把公司闲置,一心投入摩旅,来自家庭——尤其父母最初的不理解其实是最大的压力,所幸这两年有所改观。"修修轻声道。大学教书育人和从事科研工作的父母,很清楚作为一个独立的人,哪怕自己的子女,也将踏上属于自己的人生。如今,不出行的日子,除了自己弹琴、画画,她会陪父母做甜点和各地学来的美食,一家人民主、自由且深爱。

修修属于内在温度偏低的女子,不易被外界的声音和事物掀起波澜,她认定的原则往往会坚守,因此常给人不动声色之感。她尤其喜欢小说和电影版《云图》,探索一种"遥远的相似性",每次观看都有新的领悟。

聊及摩旅,修修表情重新生动起来。"ONE FOR ALL,ALL FOR ONE。你知道吗?北京的雨温热,西藏的雨即使夏季也很凉,而川西的雨像针一样扎;骑遇南迦巴瓦时,邂逅百里桃花,一天跨越三季,翻越5280米的米拉山口和色季拉山口时的雨雪冰雹,到达桃花沟时汗流浃背,然乌湖冰面上只需要一件单衣的奇特落差感。巴松措打开窗户就能看到湛蓝湖面和白雪皑皑的远山,雅鲁藏布江大峡谷奔流的江水、南迦巴瓦峰的日照金山,波密漫山遍野的桃花如火如荼盛开。"所有的经历与细节,她如数家珍。在路上,她学会紧急救援、敬畏自然与生命。她偶尔参与品牌直播,身体力行地将摩旅风光与感悟分享给更多人。

作为领队出行时,修修说自己完全无性别,所有队员无论年龄,对她而言都是"孩子",她力所能及地提供专业的照顾。聊及在路上的乐趣,她眼中忽然绽放光亮,若有星辰大海高山湖泊。她说:"我会听风,会听花朵绽放,会听阳光照耀,会独自冥想,倾听内心的声音。"

近两年,荣誉和项目接踵而至。2019年7月,南非线路采集及产品开发;2019年12月,骑遇西藏,三国骑士珠峰跨年之行,担任骑行官和翻译官;2020年5月,成为宝马官方BMCI培训认证教官;2020年7月,应邀参加2020陕西省"腾森杯"金卡纳摩托车大奖赛等。"即使老了,我仍然可以骑'挎子'上路,我想真正让骑行成为一种生活,在只有一次的人生中,探寻无限的未知。"她说,眼神笃定而自由。

探路官

修琳奕（修修），北京大妞，研究生金融专业，喜欢潜水和跳伞等户外运动。

摩托邦认证全球摩旅达人及写手，西藏翼途摩旅体验官，宝马官方骑行官。

3年累计骑行15万千米。曾骑行至珠峰大本营，拥有"泰国1864速度与激情""南非自由与狂野"等丰富的国外骑行经验，足迹遍布东南亚、亚欧大陆和南非等。

About the Rider
探路官简介

CADA TOP MOTORCYCLE RIDERS

彩虹南非手绘示意图

探路官

路线
乔治—杭拜斯—帕尔—罗伯逊—奥次颂—乔治

CADA TOP
MOTORCYCLE
RIDERS

澳大利亚，不知者无畏

奇遇人生

程 怡

路线
悉尼—堪培拉—金德拜恩—古恩戈拉镇—克莱斯恩特伦斯—墨尔本—吉朗—洛恩—阿波罗湾—普林斯镇—坎贝尔港—墨尔本蕨树峡谷耐特凯普酒店—Marysville（维多利亚州）—Gaffneys Creek（维多利亚州）—曼斯菲尔德—奥尔伯里—利斯戈—丹尼森堡—丹尼森堡—沃科普—格拉夫顿—黄金海岸岛

里程
4300 千米

用时
15 天（2019 年 1 月）

从沿海公路的直立压弯,到闻香识路的花海骑行;从翻山越岭的一天四季,到误入丛林的泥途挣扎,一连串的绝境,一重重的惊喜,一系列无法复制的摩旅体验,就像南太平洋的风一样无常,时而凛冽,时而轻柔,时而急骤,时而萧瑟。书中说:摩托车骑行的魅力,在于没有阻碍地感受生命和自然的联系。而这两者的联系之中,必定有一个前提,做到了便可抵御岁月漫长。

天空之境

我之所以会选择澳大利亚作为摩旅初体验的目的地,源于电影《疯狂的麦克斯》和关于 The Oxley Highway 的节目介绍。片中的景象,引发了我对这片土地的好奇。自由的火种,一旦被唤醒或激发,便按捺不住。我坚信,除了我所熟知的日常以外,生活还可以有不一样的精彩。"再不出发就老了",于是我决定要去摩旅,要去澳大利亚。

位于墨尔本西部的大洋路,被誉为"全球最美的沿海公路之一"。它沿着维多利亚海岸蜿蜒伸展,沿途奇景迭出,串联起了十二门徒石、洛克阿德大峡谷、伦敦断桥、菲利港和波特兰景点等众多知名打卡地。在 300 千米的骑行中,海风并不如我想象中的温柔,其中有 100 千米的路段一直都处于横风带,气候也是多变,我都是直立压弯过来的,对于初学者来说这并不轻松。还好路程不远,即便风阻艰行,一天内也完成了大洋路骑行。

我从大洋路终点向内陆出发时,途经一个岔路口,指路标志显示"一边通往城镇,而另一边则继续山行",直觉引领着我选择了后者。行至黄昏,通往云端的路渐渐有了霞光的陪伴。日落余晖下的霞光,就像是羞赧的少女,泛起的绯红将天空渲染成了一片粉红色。同时,路面水洼里也静卧着一片粉红色的天空,那是天的倒影。大片大片的油菜花在脚边绽放,花香细生,随风飘进头盔。如果不是头盔紧扣,那些被引来的蜜蜂也会钻进来。我仿佛有了自己的一段童话,它不在故事里,而在我前行的路上。最美的相遇是不期而遇,大抵便是如此吧!这几近梦幻的景象,至今还时常在我脑中萦绕,相对于走过多远的路,打卡过多少个地方,在这个过程中所经历的才是永恒。

▼ 大洋路,被誉为"全球最美的沿海公路"之一

▲ 100 千米险道是雨林消防通道,除了紧急情况之外根本不会有人经过

迷失雨林

我不是一个提前做周密规划的骑行者,经常是前一天在酒店里才会打开电脑或手机查阅一番后再计划第二天的行程。随心而行的风格让旅行有了更多的可能性:也许是偶遇不太常见的某个地方,或者邂逅一段无名之路。

一天经历四季轮转,澳大利亚摩旅可谓是滋味百变。山脚下还是艳阳高照,穿一件透风的骑行服最合时宜。到了山腰,气温骤降,道路两旁的植被也尽显枯黄,雪花飘落,已然冬来,轻薄的骑行服显然不合时宜了。然而,越过山顶,又是另一番诡变,眼前呈现一片温暖潮湿的雨林。看着导航显示有路,便忽略了护林人的提醒,直接驶入林区。

没走多远,路况急转直下。因为降雨频繁,路面坑洼泥泞,狭窄的道路也不允许我掉头回去。一旦车陷入淤泥,或是倒地,对我而言更是艰难,所以我只能以 20 千米 / 时的车速继续前行。在这一片树木参天的原始森林里,手机信号被彻底隔绝,前前后后只有我一个人。我把全部的注意力都放在双手上,已顾虑不了内心

▲ 一天经历四季轮转，澳大利亚摩旅可谓是滋味百变

摩旅做减法

女孩喜欢做万全准备，尤其是长途旅行。出发之前，我准备了三双靴子、三条骑行裤、两件拉力服和数量众多的换洗衣物，甚至还有暖宝宝和防晒霜以应对不同的天气情况，凡是能想到的工具和装备也悉数采购。在墨尔本换车时，我才意识到摩托车尾箱和边箱根本装不下我的全部家当。

我站在墨尔本街头，不得不对眼前散落满地的行李做出抉择。按照重要性排列：信用卡、电子设备、急救包、工具包、贴身内衣、雨衣、骑行服……装箱后，剩下的居然都是之前花重金采购来的。那一刻，委屈立刻填满心头，我从国内背来了这么多的东西居然都是要丢掉，那种感觉就好像辛苦工作一年，所有的收入都在回去的路上被人偷了一样绝望。

面对如此境遇，我总结出了一条经验：要想摩旅，就做减法。

我把多余的东西丢掉，走进附近的咖啡厅。10分钟后，一个流浪汉穿走了我刚刚丢弃的裤子和鞋子。那一瞬间，我突然觉得欣慰，至少这些东西到了更加需要它们的人手里，可以继续发挥价值。

骑行就是有这样神奇的魔力，它会让你学会洒脱，变得透彻，明白原来那些曾经意义重大的身外之物在某些时刻也是可以舍弃的。生活推着我们前进，就必须要做断舍离，不是为了放弃，而是为了更好地出发，去完成更加重要的事情。

的孤独和恐惧，这样的紧张局面持续了5小时。

再次返回铺装路面，我瘫软在地。一对老夫妇经过时，将我扶坐起身。"你要是我女儿，我就打断你的腿！"听了我的讲述后，老先生的反应很激烈。原来那100千米险道是雨林消防通道，除了紧急情况之外根本不会有人经过。两位老人退休后住在山里，而今天正好是他们外出采购的日子。老先生的一番严词醍醐灌顶。在路上的时候无知无觉，而那一刻我真的后怕了。

旅行结束，即将回国的时候，我坐在飞机上还是心有余悸。我曾以为，凭借自己的语言功底和国外自驾的经验，足以应对长途旅行。我低估了摩旅的风险性，它不可控的因素太多了。我身边有些玩摩旅的"老炮"，他们常把"敬畏"挂在嘴边，现在看来并不是说说而已。经历过了，便懂了。

除了将那些花重金购买的行装不得不丢弃在大街上，这一路上状况接连不断。我跑丢过手机，跑丢过钥匙，因为经历了所以我又知道了，原来摩托车的钥匙里有芯片，必须找到品牌门店或者规模比较大的经销商，才有可能换车或者重配一把钥匙。于是那一次，我不得不从一个偏僻的小镇一路骑行到墨尔本，全程不敢熄火。

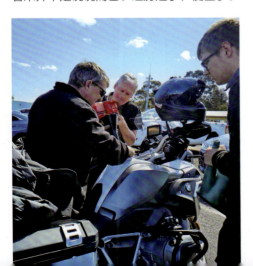

81

北京之约

还记得那对想把我的腿打断的老夫妇吗？一路上，我遇到过很多像他们这样温暖的人，有骑行的摩友，也有偶遇的路人。他们或挥手微笑，或表达欣赏，或送一杯咖啡，或说句祝福。我是谁并不重要，他们只是敬佩一个中国女骑手只身踏上旅途的勇气。虽然轻装简行，我还是留下了他们送给我的小礼物，那是远比记录仪上的数字和沿途风景更具意义的馈赠。

在一座小镇上，我又邂逅了"他们"。一位陌生男性邀请我去家里做客，出于安全考虑，我婉拒了。随后，他叫来了太太，一同邀请我。进到主人家，我才了解，原来这一家人都是越野摩托车的爱好者，家中8岁的小儿子从5岁起便和爸爸一起骑行。在餐桌上，我和他们分享了很多关于中国的故事，包括中国人是怎么骑行的。小男孩目不转睛地听着，看样子很是着迷。他悄悄告诉我，他每年都会把自己的愿望通过写信的方式告诉圣诞老人。新一年的愿望都已经写好了，但是他要重新再写一封信。

"我想告诉圣诞老人，我要好好学习，将来要去中国。"

那一刻，我感慨万千。身在国内，我也不过是千千万万人中平凡的一个，如同平凡世界里的一粒沙，却能够在大洋彼岸点亮一个8岁男孩的希望。我们原本相距遥远，却因为一个共同的热爱，互通友谊，并许下了一个约定：

"将来我去北京了，可以骑你的摩托车吗？"男孩问。"当然！"我说。

"北京见"，这是我和一个澳大利亚8岁摩友的约定。

摩旅攻略

🧋 酒店索引
1）克莱斯恩特伦斯 海比斯库斯海滨小屋公寓酒店（ibis Styles Canberra）。
2）墨尔本 宜必思经济型墨尔本中央商务区酒店（ibis budget Melbourne CBD）。
3）吉朗 Admiralty Inn 汽车旅馆（Best Western Admiralty Motor Inn）。
4）墨尔本蕨树峡谷耐特凯普酒店（Nightcap at Ferntree Gully Hotel）。
5）奥尔伯里 Meramie Motor Inn 汽车旅馆（Best Western Meramie Motor Inn）。
6）丹尼森堡中太平洋汽车旅馆（Denison St - Motel Mid Pacific）。
7）格拉夫顿汽车旅馆（Grafton Lodge Motel）。
8）黄金海岸岛酒店（The Island Gold Coast）。

📍 安全
1）澳大利亚公路附近时常有袋鼠出没，尤其夜间会被摩托车的灯光吸引道路上来，十分危险。
2）在大洋路上其中有 100 千米的路段一直处于横风带，加上气候是多变，骑行并不轻松。

☁ 天气
澳大利亚气候多变，有时候翻越一座山峰就需要经历四季，需要准备薄厚不同的行装。

☀ 趣闻
澳大利亚袋鼠繁殖很快，为了维持生态平衡，政府规定袋鼠肉可以合法成为盘中餐。实际上，袋鼠肉的味道并不美好，膻味很重，口感不好。

探路官专访

程怡，一路长大

程怡，出生于纽约，长于北京。从事金融行业的她，不为职场和生活的光环所侵染，笃定地知晓自己体内还潜藏着一股强大的张力，而彻底打开她的就是摩托车。那种"专注的驾驭"，使程怡感受到了世界独属于自己的激荡与澎湃，这种发现令她激动不已。

踏上澳大利亚旅程的时刻，程怡灵魂深处像是被激活了一样，有时不可待的迫切。此时，距离她成为一名摩托车车主才刚满3个月，在摩旅圈内属于"涉世未深"。她曾在一次采访中有过这样的表述："有时候对待心中喜欢的，不必有太多原因，带上勇气与热爱，不去问艰苦，不必求回报，但求不留遗憾和无愧于心。"

程怡热爱骑上摩托车的感觉，所以可以果断地做出那个决定，一个后来被她称之为"无知无畏"的决定——去澳大利亚骑摩托车。出发前，她强迫自己在北京最拥堵的时段、地段骑行40千米练习捏离合；她尝试跟在洒水车后面，力图训练自己湿滑路面的制动操作；趁着午休的时间，她也能飒爽的去跑山练车。她所渴望和期待的就是在路上，于是携带着两样最宝贵的东西——热爱与勇气，就出发了。

15天的澳大利亚骑行，程怡怒放的生命舒展在每一刻钟的自由恣意，却也承受了一番炼狱之痛。

横风险行，误闯雨林，还有因钥匙遗失而不得不进行的"不间歇"行驶。在回国的航班上，程怡对遭遇的经历仍心有余悸。罗伯特·M.波西格在《禅与摩托车维修技术》中说，摩托车骑行的魅力，在于没有阻碍地感受生命和自然的联系。而这两者的联系之中必定有一个前提，这是她对摩旅的重新思考："真的上路了，才知道，为什么越是经验丰富的骑手越注意安全。"她告诫和她一样的初学者，不要贸然选择单独骑行，切忌"无知无畏"。

摩旅对于程怡而言，依旧是热爱，她愿意继续带着这份爱和勇气出发，探索生命最真实最鲜活的存在方式，然而不再做"无知无畏"，这是程怡对自己和家人的责任与担当。

程怡，出生于纽约，现居北京，金融从业者。
个性开朗的杜卡迪女车主。
2018年，摩旅初体验，澳大利亚骑行15天，行驶里程4300千米。

About the Rider
探路官简介

CADA TOP
MOTORCYCLE
RIDERS

摩旅"新大陆",
不问西东

四轮变两轮

涛 哥

路线（西线）
三亚—海角天涯—三亚湾路—太阳湾路—民宿—三亚日不落主题海景客栈—莺歌海盐场—尖峰岭森林公园—尖峰岭天池—厚海休闲酒吧—风车海岸—东方良智海景大酒店—鱼鳞洲—海花岛—古盐田—海棠湾—三亚

里程
800 千米

用时
3 天（2021 年 2 月）

路线（东线）
海口—乐骑骑行公园—石头公园—博鳌—万宁—五指山—亚龙湾—天涯海角—滨海骑行—海口

里程
900 千米

用时
5 天（2021 年 2 月）

海南人这样说:"只有看过蓝色海洋和绿色海洋两片海,才算体验了完整的海南岛;海南不仅有四大名菜,还有四大'自然'名吃,上树的鸡、不回家的牛、五条脚的猪和会冲浪的鱼。"要真正认识海南,必须漫游它的每一块土地、每一处山水、每一隅人文。那些四轮不曾抵达的山峦和田野,有突如其来的狂喜;那些只在街边小店里的吃食和野味,有记忆犹新的想念;那些长久封存于沿途的风土和人情,有辗转悱恻的回味。海南就是这样,总会在某个地方以出乎意料的方式给予摩旅美好。

▲ 骑摩托车的时候，人和车、人和路，还有人和天与地之间的关系都被重新定义了

海南，最好的开始

我把自己的人生分为三个阶段：第一个阶段，就叫赶路，因为工作的关系我在不同城市间飞来飞去，几乎每天都在赶路；第二个阶段，就叫感受路，因为当我再去开会时，抵达当地后我会尽可能自己开车，自己掌控方向，这叫感受路；现在，我又把四轮变成两轮，就是我人生的第三个阶段，享受路。骑摩托车的时候，人和车、人和路，还有人和天与地之间的关系都被重新定义了。人与自然的接触更为直接和亲密，即便带着头盔，也能闻到花香；即使一路慢行，也可以感受路面给予骑行者的反馈。享受在路上的过程，这对我来说，就是摩旅的境界。

四轮装载躯体，两轮承载灵魂，而自由灵魂的归处需要自由驰骋，在山海间，在云端深处，或者在那些未经世事的诗酒田园里。中国辽阔的版图上，孕育着很多这样美丽的地方，西藏、新疆和云南等地都能称之为中国摩旅的骑行圣地。去到这些地方未必是真正的自由，因为只有在"对的时间"才能获得"享受路"的境界。有没有一个地方可四季摩旅，可同时观山海，踏海逐岸，还能有弯道激情和舌尖美味？

海南岛3万多平方千米，每一次来海南都有不一样的体验。在这里，我骑行了很长很长的路。环岛之路，沿途历史人文、风景名胜、美食特产和风土民俗，应接不暇。从东到西，由南至北，四轮抵达不到的山峦田野，总会有突如其来的狂喜。例如，文昌七星岭上的"芒星"——斗柄塔，整个塔身十分对称，层层收缩。300年前，它是渔船航行的航标塔。以丰富物种著称的尖峰岭，山海相连，从海边抵达山顶的路崎岖通幽，因此也成就了摩旅人的跑山天堂；海岸公路——石梅湾、蓬勃绿洲——琼州雨林、山水田园——东方小桂林、冲浪胜地——日月湾……两轮，在这里不必一味地追求"弯道"，感受沿途才算地道。

街边店面里的吃食野味，让舌尖都有了最美时光：一锅温润的椰子鸡汤，一碗怀旧的古早小吃，咬一口滋滋作响的东方烤乳猪，海南的味道留住了多少旅人的胃口和想念。不仅如此，还有和乐蟹、清补凉、文昌鸡和儋州粽等，海南的美食千姿百态。双轮，在这里不必一味地赶路，坐下来尝尝，才知道什么是"闻香识路"。还有那些长久封存沿途上的历史人文，诸如，传统的黎族"牛节"、剪不断的南洋商事、延续千年的古老晒盐技艺，以及舶来品——海南咖啡的前世今生。这些，只有经历过，旅行才有意义。

这里是海南，一个给予摩旅独特体感的地方。这里，可以在山河间找路，因为路是多样的，所以摩旅才更精彩；这里，可以四季骑行。因为不受限制，所以骑行才更自由。

骑行过程中,我们两个以饱满的热情,应对一路颠簸

闻香识路西海岸

摩旅是什么呢？在我看来，就是品一些当地的美食，看一些当地的美景。在西海岸这条路线上，我吃到的美食不少。我们在太阳落山后，于店家门外席地而坐，吃着椰子火锅鸡，喝着椰子酒，把酒言欢；在一家有百年历史的老店，品尝地道烤乳猪，至今难以忘记。如果你也像我一样，坐在福山咖啡门口的椰树下，背靠着河道，喝一杯咖啡，吃一份地道小食，一边聊天一边等待日落，就知道什么叫"惬意的生活"。与闹市喧嚣相比，这种感觉格外珍贵。

西海岸沿线人文和小众景点很多。莺歌海盐场，堪称中国南方最大的海盐场，在盐田间骑行，无车无人，独享一片辽阔；与海盐场一背之隔的尖峰岭，植被茂盛，山路盘旋，被认为摩旅人的跑山天堂；环绕着大广坝骑行，一条通途延伸至天的尽头，两侧水库、高架、远山密林一路相伴。行驶过风车海岸、海口世纪大桥，一路收获壮美；驻足在文奎牌楼、莲花广场，和朋友们说说笑笑，打打闹闹；漫步小渔村，路过荷塘边，还偶然遇见一辆红色 SUZUKI 125——那个年代里的"劳斯莱斯"……海南的人文比压弯的乐趣多。

海南有众多风景名胜，有丰富的体验项目，游泳、潜水和冲浪，当然也有骑行的乐趣，综合体验值很高。海南的摩旅体验更偏重休闲，每天骑行 100~200 千米，不为速度，不为赶路，只为感受沿途的风景和人文。偶尔会进入到一片茶园，也有可能闯入当地小渔村的生活。体验当地人的生活，这就是摩旅的意义。

临近黄昏的时候，我和朋友们在美丽的三亚湾停留。我们一边品着香茗，一边等待日落。天边逐渐暗淡，落日下的渔船正在赶回岸上。看到这一幕，我想起了海南特有的海鲜。渔船打捞海物，直接从海上运到岸上，再到餐桌上，就这么几分钟的时间里，只有在海南才能体会到这种鲜活。落日徐徐将至海平面下，海滩上散落着游人和当地的居民一起看日落，他们并不认识，却聊得气氛融洽。

三亚湾和其他海湾的日落有着不同之处，当一轮日头直接落在海平面上的时候，一架飞机会从它的头顶掠过，然后穿入云霄。太阳落山了，小店门外的椰子火锅鸡也沸腾了。我们席地而坐，纷纷打开手里的椰子酒，致敬美好一天的结束。

▼ 海南的人文景观比压弯的乐趣多

蓝海与绿海

东线，这条路的骑行用时 5 天，结束的时候，我意犹未尽，感叹时间过得太快。登机前，我在入住的温德姆酒店第一次给自己录制了视频，回顾这一路上的精彩。

摩旅就是这样，可能独自上路，某个地方遇到某些人，彼此不认识，却因为同样的喜好就聚到了一起。我和队友原本陌生，从不认识到认识，从陌生人到朋友，一起抵达了很多汽车难以通行的地方。曾经有一次，我们突然之间进入一个小区，穿过一条羊肠小道，驶上一条野路，直到尽头，看见了矗立于海岸的灯塔。十几辆摩托车齐聚在灯塔下，有人掏出手机拍照，有人闲步海岸栈道，还有人掏出了吃食。很难想象，我们面朝大海，背靠田野，开始享用简单而浪漫的下午茶。

从海口一路骑行至博鳌后，我体验了人生中第一次轮渡。在老渔港海鲜店对面的码头，由于当地摩托车在抢占轮渡时的速度和气势都很勇猛，以至于我们十几辆摩托车最终兵分三路过河，用时半个小时，最终抵达石梅湾艾美酒店。

石梅湾，沙滩细腻柔软，但海浪拍岸的声音却澎湃有力。2 月里的海南游客并不多，不必挤在人群里看日出。我想，这就是摩旅的好处，可以错峰，可以抵达四轮不能抵达的地方。我喜欢海南，而且时常会来。如果不是摩旅，可能来石梅湾的机会不多，也就不能感受到这里美丽的草坪。在石梅湾的海滩上，散落着一些白色的帐篷。天幕下的氛围灯还在亮着，长桌上四散着前一晚的吃食和酒水，

▼ 这是我第 32 次来海南

如果只是从三亚到海口,只能看到海南的蓝色海洋 ▲

烧烤架上还放着未来得及烤炙的蔬菜。欢聚的人们,都还在帐篷里熟睡,而天边的红日已经冉冉升起,染红了一片海面,很是壮观。

来到海南,如果只是从三亚到海口,这两点一线的玩法,只能看到海南的蓝色海洋。其实,海南还有一片绿色海洋,就在保亭。保亭黎族苗族自治县,位于海南五指山南麓,区域内有很多森林公园和旅游景区。这里的天然温泉极负盛名,富含硒元素,具有防癌和美容的功效。我入住的酒店园内有几百棵荔枝树,其中几十棵树拥有上百年的历史,还有两棵堪称"树中之王",至今已有 300~500 年的树龄。

我和酒店工作人员聊天得知,海南有四大名菜——文昌鸡、加积鸭、和乐蟹和东山羊,保亭也有四大名菜——上树的鸡、不回家的牛、五条脚的猪和会冲浪的鱼,这四大名菜主打自然生态。由此可见,保亭的自然生态富卓。最著名生态景区当属七仙岭,一片热带雨林,植被茂密,还有摩旅人偏爱的五指山,可与尖峰岭齐名为"跑山天堂"。

不同的人,同行一段摩旅,各自寻找自己的兴奋点,达成一致的精彩,这便是摩旅的魅力之所在。去不同的目的地,吃一些未吃过的美食,遇到不相识的人,让骑行成为一种生活,这很重要。

2021 年 1 月 20 日,星期三,14:53,这是一个值得纪念的时间,因为这是我第一次以第一人称的方式来记录这些事。

海南攻略

🥤 吃
三亚店嗲嗲椰子鸡
海南黑猪肉粽
东方市烤乳猪
福山咖啡
老渔港海鲜
茶与海南鸡饭

可以在山河间找路,因为路是多样的 ▲

海南的摩旅体验更偏重休闲 ▲

不同的人,同行一段摩旅,达成一致的精彩 ▲

三亚湾落日余晖 ▲

宋涛
中国汽车流通协会摩托车分会副会长兼秘书长
首席探路官发起人

About the Rider
探路官简介

探路官专访

宋涛，自由灵魂的守望者

"我愿意把四轮里的经验，为两轮做些贡献。"当你静心听他细述正在做和想要做的"两轮"构想，就会惊喜地发现，他已然不可逆转地登上轮渡，驶往下一个彼岸。

16年前，宋涛进入中国汽车流通协会时，汽车刚刚起步。在与四轮共生共存的过程中，他亲历了汽车市场的发展进程，且日渐磨炼成特立独行的行业高手。如今，摩托车亦如当年，尤其是公升级的大排量摩托车，已不再被视为纯粹的交通工具，消费与服务的多样形态初露端倪。"两轮的版块里特别需要政策、骑行文化和安全意识的突破"。在这个特别的窗口期，宋涛深觉义不容辞，以独有认知和精进专业践行"两轮"领域。

"让骑行成为一种生活"，他以此为责，构建了极具生命力的摩旅平台——首席探路官，专注为摩托车爱好者挖掘出中国甚至世界最好玩的骑行路线，呈现与摩旅生活相关联的一切美好。同时，他发起了一年一度的"首席探路官评选"活动，甄选之人力求有故事有内涵，对摩旅有独一无二的坚持。他希望用"前人"的精彩体验和惨痛教训让"后来者"对摩旅有一定憧憬，同时要让他们知道摩旅有风险。"对于真正的骑士，敬畏之心是最重要的，而管住右手是最基础的。"敬畏在，一切在，这是他对摩旅的领悟和思索。

宋涛不仅仅是"首席探路官"的发起人，他更是一个自小便有情节的摩托车爱好者。骑行对他而言是情怀，是融于血脉的基因。在践行双轮的过程中，他真切的情节都无一遗漏地被释放出来。"当我把四轮变成两轮，生活就被重新定义了。以前是赶路、感受路，而现在是享受路。这个可能对我来说，就是摩旅的境界。"

经历过中国汽车市场的起落沉浮，摩托车的休闲娱乐趋势让他思考什么才是一个平台不可替代的价值。"不以商业为目的"，这是原则；"要有社会责任和公共义务"，这是担当；"倡导骑行文化"，这是观点。他的一切考虑与作为，都是为了将"首席探路官"做成具备强大知识能量的平台。在他看来，"引领"比任何事都有意义。为此，"首席探路官"在深耕好内容的基础上，尝试发挥链接价值，在品牌、店端、俱乐部和车主之间构建通路。他坚信，纽带一旦形成，未来实现产业生态的良性循环就不再是愿景。

眼下，首席探路官平台已进入良性循环期，并朝着顶层构想逐步迈进，但凝心聚力的初衷未变。"我只是发起人之一，首席探路官其实是我们大家——所有人的梦想，每个人其实都是代言人。"他一次又一次突破个人视角的局限，尝试让更多人有参与感，体会"骑行生活"的魅力。在他的意念中，骑士的精神就是"大家一起走"。

从四轮到两轮，从汽车产业代表人物到摩托车骑行文化重要的推动者，在不同身份的转换过程中，宋涛凭借自己在行业内的影响力，齐聚一众对摩旅志同道合之人践行其中。他以身示范，正向传递骑行生活的自由意志与灵魂解放，逐步赢得市场和人心，赢得众多品牌的支持与认可。"可能我们刚刚开始，但是在路上，一定很精彩！"宋涛的骑士情怀和精神梦想渐次抵达澄明彼岸，他期待着完成这份真心诚意的责任和担当。

探路官

CADA TOP MOTORCYCLE RIDERS

海南环岛手绘示意图

西线路线

三亚—海角天涯—三亚湾路—太阳湾路—民宿—三亚日不落主题海景客栈—莺歌海盐场—尖峰岭森林公园—尖峰岭天池—厚海休闲酒吧—风车海岸—东方良智海景大酒店—鱼鳞洲—海花岛—古盐田—海棠湾—三亚

东线路线
海口—乐骑骑行公园—石头公园—博鳌—万宁—五指山—亚龙湾—天涯海角—滨海骑行—海口

CADA TOP MOTORCYCLE RIDERS

环京之旅，传奇之路

心动不必远方

张澍仁

- 路线
  北京—张家口—崇礼—丰宁—北京
- 里程
  1000 千米
- 用时
  4天（2020年8月）

　　心动不必远方。如果你想在山间驰，想去林里行，不必着急赶赴千里之外，跋涉万里之苦，因为你所了解的北京周边还有着你所不了解的风景。对于在"帝都蜗居"的摩友而言，张家口、崇礼和丰宁这些地方早已是"再熟悉不过的地方"，尤其是位列"中国十大最美公路"之一的草原天路更是让无数人心之向往。从前是走的人多了便有了路，而现在是开的车、骑的车多了便堵了路。于是，我们避开休息日，选了一个人少车少的日子，重走这些所谓的"老地方"。常言"熟悉的地方没有可贪恋的风景"，但这一次我们就在这些老地方找到全新玩法，深挖隐秘其中的景色和骑行路线。

古道行

▲ 大境门是中国万里长城四大关口之一，历史上对中国商贸互通起到重要作用

大境门——中国万里长城第一门，与山海关、居庸关和嘉峪关三关齐名。作为中国万里长城四大关口之一，它不以"关"为名，独取"境门"，意为"边境之门"。此门意义非同一般，其门外便是历史上著名的边贸市场——茶马互市。从这里开始，我们逐渐揭开了一条古商道繁荣近四个世纪的优雅和其衰落后鲜为人知的寂寥。

从张家口市区进山，我们其实已经行驶在了草原丝绸之路中国境内的一段古商道上，名为张库大道。张库大道（从塞外重镇张家口到蒙古草原腹地乌兰巴托，并延伸至俄罗斯境内）南北纵横，纵贯著名的草原天路。自20世纪起，这条曾"用白银铺就的草原商道"开始衰落并逐渐淡出人们的视野。昔日的繁华在历史的天空下沦为尘埃，变成了永久的黄土砂砾。如今，古道人迹罕至，早已物是人非，虽然路基尚在，却因年久失修而险峻不平。在"又是一年芳草绿"的8月里，也难寻寸草，四周尽显落寞。

一路行驶，有部分路段还在重新修复当中，本就复杂的路况加上突降的大雨，让我们一行人猝不及防。湿泥裹上车轮卷入泥瓦，车轮不停地打滑，让骑行倍感艰难。不知道过了多久，我们终于摆脱了古商道的禁锢，还未来得及松懈，天已经暗下，于是我们沿着高速返回张家口市区，用一顿涮羊肉横扫疲惫。

▲ 全程可谓是跋山涉水，很多路段是非铺装路面，我们行驶过草地、山地、碎石路，还有泥浆灌溉的沙土路。又赶上连日雨天，让本就复杂的路况变得更加湿滑。每一个摩友都面临着不小的考验

张家口、崇礼、丰宁这些"老地方"其实还隐藏着鲜为人知的景色和骑行路线

103

翠云林间

我们将崇礼的骑行体验和住宿尽数安排在翠云山森林度假区内。虽然在景区内部，但是这里有林，有山，有风车，还有草原天路上类似的良辰美景。在"帝都蜗居"，很难得有开门见山的生活体验。而住在翠云山里，触摸到的自然不在窗外就在门口。尤其在夏季的雨后，森林里云雾缭绕，穿行其中，仰望气象万千的山峦，竟生出无限感慨和敬畏来。

山那边的风景，只有翻过山去，才能尽收眼底。崇礼区境内 80% 为山地，坐落在各大滑雪场内的山地看似独立，其实是山连山，连绵不断。从翠云山顶便可以贯穿游走每一座山间，串联起围城里和经验外的世界。

去森林里转悠，在林间穿行，这里的一切都极为私密。隐奢之意，深藏其中。如果想在山间驰、林里行，翠云山森林度假区确实可以给予摩友很多骑行体验。例如，可以根据季节的不同选择骑行路线，可以由难易程度来调整骑行路线。行车路面，基本都是修过的铺装路面，无论骑行体验还是沿途风景都可以抚慰行者。如果渴望返璞归真，在这里还有一段非铺装路面，沿此路而上就能看到古长城遗址。

我们决定沿着这条非铺装路面到山顶去看看长城遗址。虽然没有雨，但是道路依然泥泞。起伏不定的石头路面沟沟壑壑，行进间车轮咆哮，卷带着泥土飞扬，暗泥丛生，举步维艰。最后，我们弃车前行，徒步 200 多米，便看到了那段横亘于高山之巅的坍塌的古长城遗骸。"风雨凄迷，山色空濛"，不知有多少人曾这样轻轻地来，再轻轻地走。我们悄无声息地驻足于此，倾听它诉说历史的浮光。

世间有很多彻头彻尾的漂泊者，愿意在路上漂泊。高山雨雾只是我们尽览美景的催化剂，玩乐撒野只是我们远离城居之地的措辞。车轮滚动的时候，自由便已开始呼吸，我们或像一群"男孩"，或像一伙探险家，短暂放下所谓的故土，漂来崇礼，看尽美景，悟道朗朗心境，如翠云苍山。

崇礼区境 80% 为山地，山连山，连绵不断 ▼

翠云山森林度假区内风景如画,尤其在雨后,森林里云雾缭绕,可谓是隐奢逸境,摩托车行驶在蜿蜒绵长的林间道路上,充满了风趣

一群"男孩"尽情感受自然，用车轮征服群山 ▲

去玩，去野，去征服，驾驶 GS 的探险家们玩得不亦乐乎 ▲

一段坍塌的明长城，诉说着一段历史 ▲

连绵的群山上笔直矗立的一架架白色风车，像是守望者，静静地迎接着远方的客人

非洲之境

离开翠云山森林度假区后,我们继续前往丰宁。远山上,白色的风车安静地转着;大片大片绚烂至极的向日葵,在郁郁葱葱的草丛中朝着太阳的方向扶摇直上。穿过这片向日葵花田,伴随我们两天的阴霾终于消散,阳光回到大地,温暖和煦。

距离县城百余千米的丰宁满族自治县外沟门乡,美丽的滦河穿流而过,滋补着沿岸花草树木,繁盛不衰,形成了一道独特的原生态自然景观。疏林草原,隐匿其中,含羞似掩的黄色沙丘与绿色草丛两色相间。蓝的天,白的云,绿油油的草地,黄灿连绵的沙丘……一时间会让人产生置身非洲草原之境的错觉。难以想象,在北京周边,居然有这样一个地方,可以让人贪婪地享受这里的风、沙、水、草。

越深入草地,越呈现枝繁叶茂的景象。不紧不慢中,偶遇守着疏林30多年的老人家。他同我们一样,有着自己的摩托车故事。攀谈间,闲适的笑声道出了无尽欢愉。在当地人眼里,这里四季色彩分明。此时正是夏季,有晃眼的阳光,有恣意的风,有摇曳的花朵,有满眼的绿,还有旅途中我们回归最单纯的乐趣。

沿滦河走一段不寻常的道路,山路的回忆不仅仅是压弯,更是一村一山和那路上的故事。翻山越岭之后,等待我们的是富有满族特色的"武吃"烤羊。疏林草原有非洲草原的境界,可以让人贪婪地享受这里的风、沙、水、草。动与静的骑行与驻足,令奔忙如你我的凡夫俗子恍然彻悟:摩旅中,带走的是快乐的回忆,而留下的是传奇的经历。只要你不停歇,川流不息的风景里,就有绵绵不绝的浮生梦。

回到北京,当我再忆这段旅途,除了拨云见日的峰回路转和大快朵颐的饕餮时刻,我最喜欢在雨雾中探寻长城遗迹的感觉,富有挑战的山路和神秘又磅礴的氛围,在已知和未知间蒙上了一层薄纱。我喜欢摩旅带来的这种未知,人类的天性就是探索未知。朝九晚五的都市生活早就打磨掉了我们的好奇心,而只有骑上摩托车,走出城市,才是故事的开始。我相信,每一个摩友都想拥有一段自己的传奇之旅。其实,我们从来都不缺少勇气,只是缺少一个真正的开始。

▲ 只要不停歇,川流不息的风景里,就有绵绵不绝的浮生梦

疏林草原有非洲草原的境界，可以让人贪婪地享受这里的风、沙、水、草 ▼

▲ 滦河沿岸形成了一道独特的原生态自然景观，疏林草原，隐匿其中

抵达疏林草原前,我们穿过一片向日葵花田。大片大片的向日葵在郁葱的草丛中朝着太阳的方向摇曳直上

守着疏林住了 30 多年的老大爷，同样有着他的摩托车故事 ▲

在丰宁独享一片草原，你会忘了自己身处何地，▲
这里也许是北京周边最像非洲草原的地方

富有满族特色的"武吃"烤羊，每一层被加热后都会及时上桌，▲
用手去感受温度，撕扯羊肉，触觉带动着味蕾，
尽情享受鲜香

111

摩旅攻略

吃
丰宁特色烤全羊和北京的饮食差异比较大，武吃烤羊很有地方特色，每烤好一层便及时抬上来。食客徒手撕下羊肉，直接入口咀嚼。

住
1）崇礼翠云山森林度假区公寓。
2）永泰兴行宫酒店。

行程
1）第一天：北京—张家口大境门—张库古道—草原天路。
里程：约 300 千米。
天气：阴雨。

2）第二天：张家口—崇礼翠云山森林度假区。
里程：约 200 千米。
天气：阴雨。

3）第三天：崇礼—丰宁永泰兴疏林草原。
里程：约 200 千米。
天气：阴转晴。

4）第四天：丰宁—北京。
里程：约 300 千米。
天气：晴。

车辆
本次骑行由于有一定的非铺装路面，所以使用的车辆以 GS 系列为主，兼顾了道路和越野的舒适性。当然，除了 F750GS 和 R1250GS 以外，还有近期颇为亮眼风头正劲的 F900XR。

改装
为适应中途摩旅，加装了尾箱与边箱。当然，在 offroad 时为了更好的驾驶体验，我们会拆卸掉边箱以减轻车身重量。

路况
除了文中提及的特殊路况，在返程时我们避开了国道，沿滦河峡谷回京。其中有一条 60~70 千米的穿村小路，有一些非铺装路面和积水，虽然路况不是很好，但沿途风景优美。

雨天骑行装备推荐
1）迪卡侬荒野探险加强版耐磨防水夹克。摩托车最怕的就是下雨，我之前也是选择各种雨衣去尝试。经过几年摸索和亲身测试，我发现在迪卡侬购买的这款防水夹克，防雨性很好，可谓是物美价廉。
2）街道卫士 StreetGuard，8 月份的崇礼之旅，其中有两天连续下雨。我穿了一套街道卫士 StreetGuard，接近中雨的条件下都没有湿透，算是一套比较高性价比的宝马骑行服。

About the Rider
探路官简介

张澍仁,宝马摩托车中国 BMCI 教官
2009 年开始摩托车生活,2013 年用时 100 天环游中国 30000 千米,至今行驶里程约 20 万千米。2016 年接触系统化摩托车驾驶培训后重新审视自己的骑行和安全,希望能将安全规范的骑行理念传递给身边骑车的朋友。

探路官专访

张澍仁，摩旅的使命职责

摩托车之于他并非注定，而是偶然。那是一个平淡的工作日，张澍仁像往常一样坐在公交车上昏昏欲睡。忽然，一阵发动机的轰鸣声由远及近，他眼睛转向窗外，只见一位银发老先生骑着"侉子"从眼前呼啸而过。望着那远去的背影，张澍仁心里蓦地升起一个念头。随后，他学了摩托车，考了驾照，并买了第一辆摩托车。这事发生在2009年。直到2013年，张澍仁还是一个不折不扣的"皇城根骑士"，他的骑车半径从未离开过京城。自从12年前那一眼触动开始，自由自在，就是一直让他蠢蠢欲动的念头，始终潜藏在心里。世界这么大，应该去看看，他的胸膛里还盛着遥远的地方。

张澍仁辞掉工作，骑着心爱的摩托车横跨大半个中国。他人生中的第一次摩旅用时100天，行驶里程30000千米，地理维度也经历了由南至北、从西向东的不歇辗转。"在路上，我遇到过很多好心人，尤其是那些三四十岁的男性朋友都愿意和我多聊一些。我能从眼神和语气中感受到他们对摩旅的渴望，但是因为现实问题，摩旅对他们而言终究是可望而不可即。"备受触动的张澍仁，意识到自己的摩旅不再是一个人的狂欢，因为它承载着太多人的梦想，于是他越发坚定地走好接下来的每一段路。

那时微信尚未普及，张澍仁带着一份使命和牵挂，收集一路上的风景。每抵达一个地方，他便联系朋友们，包括那些在路上遇到的"朋友"，寄去一张明信片，只希望他们打开时能收获些慰藉，因为有一个人正在替他们走遍想去的远方。

从对摩托车没什么兴趣到终日与摩托车为伴，张澍仁与摩托车逐渐建立了亲密关系，无论是生活还是工作，他把大好年华都交付给了摩托车。2016年，张澍仁接触系统化摩托车驾驶培训后，重新审视自己钟爱的摩旅。"我希望能将安全规范的骑行理念传递给身边骑车的朋友"。张澍仁日积月累了20万千米骑行里程，深耕摩托车行业多年后，最终成为实至名归的宝马摩托车中国BMCI教官。

从爱好者到专业"教官"，从风华正茂到尚未变老，他带领出行的队伍里，有很多精英人士、行业楷模，他在始终如一里，用专业和经验成全着这些人的安全骑行和传奇之旅。"很多时候，大家对摩托车还是有误解的，觉得摩托车很危险。其实，你用正确的方式对待它，它本身没有危险，而是人危险不危险的问题。我愿意用我的经验去给他们讲讲，让他们少走一些弯路，更安全一些。"

每次出发前，张澍仁都会收到来自客户的肯定——"你去我就放心了"。张澍仁将这份信赖视为鼓励，至今珍藏。他乐得顾全每一个人的摩旅体验，尽量在大家能力范围内找到乐趣和成长的满足感。久而久之，因为工作关系与客户达成了某种默契，彼此了解，互为知友。这些基于"信任"传达的价值认同在某种程度上成为他的信念。"有这么多人相信我，这让我自豪，更觉珍惜"，这是张澍仁从摩旅中收获的第二重快乐。

人生弹指，生若蜉蝣。年轻时，一个人长时间在路上就是快乐。经历过，为一群人的摩旅承载安全之责，成为使命，也是快乐。当下的张澍仁愿意尽好本分，不为独乐，只想在众乐里留住真心自在。在这样物欲纵流、变化飞快的时代里，竟还有人肯花时间专注在一件事上，打磨恒定与专注，对此他坚定不移。他愿意俯身钻研，踏实做事，把安全规范的骑行理念继续传递下去。亚伯拉罕·林肯曾这样写道："每个人心中都有继续向前的使命感，努力奋斗是每个人的责任。"这世上从来没有轻松的抵达，所有的付出都意味着漫长，但是所有的终点都有条通往它的道路，因为热爱，他将一直走下去。

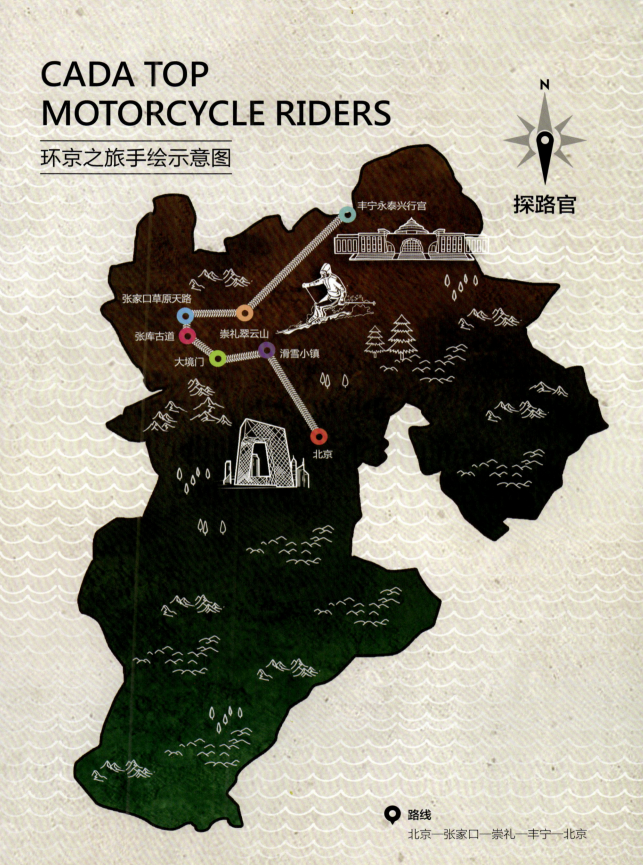

CADA TOP MOTORCYCLE RIDERS

魔幻云南，梁王山之乐

摩旅人的游乐场

顾 元

📍 **路线**
梁王山—黄叶子山—沈官山—凤凰湿地公园—官渡古镇—梁王山

🌐 **里程**
100 千米

🕒 **用时**
1 天（2018 年 8 月）

梁王山素有"滇中第一名山，云南王者之山"之称，可谓"一山分四季，四时景不同""四面不同景、十里不同天"，更是澄江十景之一。它在澄江、呈贡两县之间，距离昆明40千米，山自南而北，绵亘百里，雄伟壮丽、古木参天，最高海拔2820米，为滇中第一高峰，自古就有"一山观四海"的美誉，滇池、抚仙湖、星云湖和阳宗海可以尽收眼底。梁王山其实还有著名旅行家、地理学家徐霞客的足迹。山上军事遗址和传说，也能激发今人思古幽情和探迷遐想。在我看来，梁王山就是昆明的"后花园"，就是摩旅人家门口的"游乐场"。

有形之路与无形之途

我在云南长大,早已记不清去过多少次梁王山了。小时候一开始以为是"登梁王山,做个好汉",后来依稀听过一个传说:明初,"梁王"巴匝刺瓦尔密被明军攻破,逃入罗藏山。这样,人们就将罗藏山称为梁王山,沿袭至今。

梁王山,这里就像是我骑着摩托车出门"透气"和"遛弯"的所在。它不像一段长途摩旅那样丰富,但绝不至单调;遇见的状况也并非复杂,但一定"去有所值"。

周末,我常会约三五好友同行,偶尔也会一个人,在清晨出发,也不忘带几包好茶或者咖啡,大约50分钟的车程。途中,会路过一家老字号小吃"三娘豌豆粉",滋味相当地道,这儿也算几代人记忆的"老字号"了。若非周末,通常也会打包一些做午餐。

早几年,还未修进山那段公路,道路坎坷曲折蜿蜒盘旋,如今修了几千米公路以方便私家车进山。在我的概念里,"不存在好坏,怎样都是好的"。从另一个角度看,那一段山路反而可以开拉力车,就如同摩旅长途遇见晴天和微风、暴晒或冰雹,都要接受。

很多时候,不只逆境是挑战,顺境更可能成为一种挑战。

公路毕竟还是短暂的,要上山,剩下的路在我眼里有两条:一条是常规的磕磕绊绊攀走的山路,另一条是无形的路。

沿着常规路线骑上去,正值春夏之交,竟然还有大片的映山红和野杜鹃,非常好看。如果是冬天来,还可以烹茶赏雪,欣赏雾凇奇观。总之,除了封山的月份,我们既可在这里短途摩旅,还可被自然折服,更可适时清空堆积在心里和脑中的杂念。

梁王山为滇中第一高山,"一山挑两江,一山跨二县"。以山巅为界,西属长江水系,东南则为

珠江水系，山体飞跨澄江和呈贡两县。山的西面神奇壮丽，壁峭千仞、鬼斧神工，东面群峰簇拥，林木苍天，郁郁葱葱，神秘莫测。这正是我说的那条无形之途。

我会骑车钻进人迹罕至的丛林，藤蔓枝条抽打在身上，还可能扰了一只鸟雀的好梦……就这样一寸一寸开垦出一条属于自己的路，留下一道自己的车辙，既于无形中锻炼了技能，又收获极大的成就感。

披荆斩棘，驭车前行。我可能观赏到一朵平凡却美丽的野生"滇牡丹"，也可能并没有新鲜的发现，但我仍然欣赏到天空中洁白的云朵，镶嵌在群山中的镜子一般的水面。面对天地造化，我还感知到自己的渺小，对自然心生敬畏。

▲ 一寸一寸地开出一条属于自己的路，留下一道自己的车辙，既于无形中锻炼了技能，又收获极大的成就感

在梁王山有可能偶遇一大片草甸 ▲

小快乐与大开怀

古往今来，这里都是昆明文人雅士登高揽胜的首选。其实，极少有人注意到，在梁王山一处草木葱茏、林海掩映的地方，已经"生"出一个新型农业公园——梁王山现代农业公园，这里正是抢救濒临灭绝的"滇牡丹"所在地。

3、4月份，这个鲜花小镇400多亩滇牡丹、洛阳牡丹进入盛花期，最美牡丹季正式拉开帷幕。各色各样的牡丹花竞相开放，游客可以免费游园尽情观赏。当然，你得先把摩托车停放好。

在这里，也有可能偶遇一大片"草甸"。有一次，我骑车在草甸上面撒欢，不知哪儿跑来一群马儿，与我追来逐去，竟有种在西域的错觉。

我迎着午间的山风，骑着心爱的小摩托车，纵情吼几嗓子，歌声与车声就弥散在山谷中。累了就席地而坐，煮一壶自带的老普洱，冲一杯醇厚的云南咖啡，以树叶做杯垫，"优雅"地啜饮着。与好友相互"吐槽"，抑或一个人对不知从哪儿跑来的一头牛儿诉说，平日脑海里一直隐忍的忽然就释怀了，整颗心、整个人似乎都变得柔软起来。

刚好是周末，中午我会骑行折回马金铺附近，那里有四面八方汇聚而来的农人在"赶街"。

苦荞粑粑蘸蜂蜜、高原老腊肉、烤全羊、纯天然的野生菌和山毛野菜，琳琅满目；热腾腾的羊汤，加粉加面你随意；当季的水果、自家种的蔬菜，简直叫人垂涎欲滴；还有纯手工的小玩意儿，比如绣花鞋垫、织物小包等，一准出自某位老妈妈或者留守在家的婆姨之手，图案传统，针脚绵密，淳朴之至。在这儿，既解决了午饭，还能顺手采购点小东西，两全其美，不亦乐乎。然后，骑上摩托车继续钻入山林去"探索"。如果允许住在山里，我可以一个人玩三天三夜。准时看落日浑圆，壮美之极。静坐几分钟，骑上车趁着晚霞恋恋返程。

是的，梁王山并不遥远，近在咫尺。它仿佛是"家门口"，却又像呼吸般自然而然，是摩旅生活的日常，是我心中一道永恒的风景线。

摩旅攻略

吃
1) 老字号小吃"三娘豌豆粉"。
2) 马金铺集市羊汤。

路况
高速，省道，柏油路，山路，铺装土路。

周边游玩
1) 梁王山现代农业公园：这里是抢救濒临灭绝的"滇牡丹"所在地。3、4月份，400多亩滇牡丹、洛阳牡丹进入盛花期，最美牡丹季正式拉开帷幕，游客可以免费游园。
2) 马金铺集市：苦荞粑粑蘸蜂蜜、高原老腊肉、烤全羊、纯天然的野生菌和山毛野菜，琳琅满目；热腾腾的羊汤，加粉加面你随意；当季的水果、自家种的蔬菜，简直叫人垂涎欲滴；还有纯手工的小玩意儿，比如绣花鞋垫、织物小包等，在这儿既解决了午饭，还能顺手采购点小东西，两全其美。

探路官专访

顾元，摩旅其实是场自我找寻

顾元，宝马摩托车骑行培训师。8年来，累计骑行15万千米，跑过60个国家，足迹遍布东南亚、欧洲、亚欧大陆和南非等地。骑行已成为生命不可或缺的部分，在骑行中看见真实的世界，遇见更好的自己。

About the Rider
探路官简介

顾元身披铠甲，可内在是小小女孩，仍常在独自的黑夜走出。她走出房间，抬头看见云南高远澄澈的夜空，繁星和云朵一如儿时，心渐自静定。

儿时遥遥企盼母亲的探望，被七彩糖果的甜浸润濡湿；与ABC（在美国出生并长大的华裔）的婚姻，终究抵不过个性的棱角，她依旧感念往日陪伴；开启摩旅仿佛找到人生的激活键，让她感到一种纯粹的自由。

幼年时，父亲也曾试图培养她学小提琴，她太好动完全坐不住。大学时兼职做过模特，被知名经纪人发掘，但心存犹豫，差点以此为业。后骑上摩托车，第一次便只身跑滇藏，中途受伤也阻挡不住前进的步履。8年来，她已累计跑过60个国家，足迹遍布东南亚、欧洲、亚欧大陆和南非等地。她凭借多年资深积累与良好口碑，成功通过了宝马摩托车骑行培训师考试，是国内最早的女性培训师之一。

她说自己还算幸运，虽然也曾身涉险境，但终究逢凶化吉。"但这并不代表人人如此，尤其新手、半新手，务必把安全当成第一要义，"顾元说，"摩旅不是彰显独特的标签，尤其女生，同样的花费做个脸买个包可能更适合。如果捋清楚这两点，仍旧热爱，那么请踏上属于自己的旅程。"

"少时曾让我妈帮买一本人生哲理的书，她很诧异，为什么读这个呢？我答，我想知道自己是谁！"如今闲暇时，顾元会阅读有关《耶路撒冷》《西藏生死书》《山海经》和《泰戈尔》作品集等，她对此有些羞于启齿。

我能明白她羞怯的点，无论"往外"的摩旅，抑或"向内"的阅读。究其本质，皆为一个人内在成长的心路历程，终是一场关乎自我与生命价值的找寻。而这个过程，从某种意义上，与他人无关。

"那你寻找到答案了吗？"我问。
"我想，答案仍在路上。"她思忖道。

探路官

CADA TOP MOTORCYCLE RIDERS

一岛双面，一路海岸

东西两面

幼 安

📍 **路线**
海口—临高—儋州—昌江—东方—三亚—陵水—万宁—琼海—文昌—海口

🌐 **里程**
999.9 千米

🕐 **用时**
4 天（2019 年 10 月 16 日—19 日）

以海口、三亚两点连接成线的东西两侧，是两道截然不同的风景线。渔村渔港、吊脚床；盐田乌船、旧屋舍与乡间奔跑的孩子形成西线特有的人文风情；椰树边、白沙滩交织成北线的一隅风景。一路轻车沐海风，最终在惆怅绵长的海岸上画出一个"雪梨"的轮廓，这就是海南岛的样子：温暖而祥和，寻常而自然。

古岸渔村

环岛之旅,无论是逆时针游走,还是顺时针沿岸骑行,最终都将圈出一个类似"雪梨"的轮廓。在这颗硕大的"雪梨"中央,有一条连接海口和三亚的隐形界线,界线以西是充满人文特色的渔村渔港、吊脚床、盐田乌船和旧屋舍,界线以东则遍布沙滩椰林、阳光海岸,集中了具有热带滨海特色、开发完备的度假区和风景名胜。

从海口出发,逆时针环岛,沿途大多数都行驶在树影婆娑的乡舍路间,耳边不时传来海水拍打岩石的声响,偶尔从车轮下飞扬起来的沙土还伴有一股咸涩的味道。西线宁静致远,平凡的村镇、路况和面孔,这些附着平凡的一切生活画面都显得那么朴实真切,还有那些遍地"奔跑"的摩托车,在当地人的发挥下都被改装成了可搭载5—7人的挎斗车。它们,招摇过市,点燃了一种恰似东南亚的市井氛围。

西线分布的村落不少。在临高角公园门口,我偶遇来自西宁的摩友,于是一行人组队前往海岸渔村——抱才村。从国道转乡间小道,一路兜兜转转终于进村。

抱才村海港里,停靠着很多船只,随着浪涛摇摆不停。

▲ 三亚南山文化旅游区包含三亚南山海上观音、南山寺和三十三观音堂等众多打卡景点

▼ 海岸上的渔村内处处可见出海打捞的工具

西线海岸自然淳朴,少了些喧闹,多了些宁静

它们与岸边那些散落堆放、破败不堪的渔船相比，显得充满生气。住在这里的人们，大多数是白天出海打渔，晚上卧听海涛入眠，终日听海、看海，以海为生。赶上烈日当头，村民便在自家门口拉上吊床，休闲地卧躺在树荫下，手持一把旧蒲扇，一边扇风清凉，一边打电话闲聊。原本朴素的渔民生活，竟也能演绎出一幅活色生香的"吊床上的浮生半日闲"。

几个孩子拎着刚刚打捞的海物，一边小跑着尾随我们，一边不停地追问："你们从哪儿来？你们要去哪儿？"他们不问车子的价钱，也不在意车子能跑多快，他们更想知道这个世界有多大，路有多远。

距离抱才村80千米处，另一个村落名为海南洋浦半岛盐田村，村内有著名的"千年古盐田"。

据传，1200多年前，从福建莆田迁移而来的盐工就地取材，将海边大片的天然火山岩石削去一半后凿成无数浅石槽，将经过海水过滤制成的高盐卤水置其上，暴晒后做成盐巴。海南千年古盐田，被誉为"最早采用日晒的制盐场"，数以千计的砚式石盐像一方方砚台比肩伫立。它们大小不一，错落有致地镶嵌在盐田周围，蔚为壮观。至今，盐田村仍有少数盐工沿袭着古老的制盐方法，他们日出而作，日落而息，艰难地传承和守护着这门源自古老文明的手艺。

▲ 海南千年古盐田被誉为"最早采用日晒的制盐场"

石头怪象

与西线质朴的人文风情形成鲜明对比，东线上多为椰树和白沙滩交织成隅的风景。游人、私家车像是约好一样，纷纷扎堆在各个开发完善的度假景区内，海天丛林间可谓是一派热闹景象。其实，南山寺和海角天涯等景区都属于西线范畴，只是环岛之旅从此开始便进入另一番景象，为了区别于渔村海岸的淳朴，我还是将它们和东线上的体验一起分享。

三亚南山文化旅游区，游人交织，络绎不绝。整个旅游区包含三亚南山海上观音、南山寺和三十三观音堂等众多打卡景点，其中名气最盛者非南山海上观音莫属。海上观音圣像，高108米，比自由女神像还要高出15米。工程历时6年完成，总投资达数亿元。无论从建筑规模还是投资规模来看，都值得"到此一游"。

这条路线上，并不缺少上述热闹、欢腾的地方，就像海角天涯，承载了极其矛盾的网友评价："到海南不去会后悔，去了也后悔！"作为首家零收费开放式景区——大东海，也是获得一众游客青睐，在海滩上漫步稍许，各路方言的朗朗之声便不绝于耳；位于万宁的石梅湾相对缓和不少，虽然紧邻开发完善的园区，只要驻足在高大的菠萝蜜树下片刻，也偶感清新；以独特丰富的热带植物而闻名于世的兴隆热带植物园，给我留下最深刻印象的却是园区里的兴隆咖啡和巧克力。

一场旅行，繁华之后终将要独行。舍得热闹，便有独享的可能。如果你像我一样，到一个目的地就找机会和当地人聊一聊天，也许你会从他们口中得到一些"小道消息"。比如说，在文昌时当地人跟我说："你要去石头公园。"石头公园，位于铜鼓岭南侧海岸，虽然隶属铜鼓岭国家级自然保护区内，但它却像是一颗沧海遗珠，很少有人过问。既然名为石头公园，不言而喻，石头是这里的一大特色。在绵延的天然海岸线上，陈列着千奇百怪的石头，它们形态各异，有的像海龟，有的像石猿，妙趣横生。它们久经岁月的洗刷，把生命的无常变成奇迹，千万年来屹立不倒。石头公园经海浪冲蚀、风化而成的海蚀地貌，呈现出了区别于其他海岸线的景致。同行的摩友说，它有着中国台湾的海岸风情。

石头公园所在的铜鼓岭南侧海岸属于基岩海岸，即海岸上多为花岗岩石。经潮汐残卷，时光温吞，岁月之痕逐渐在这些岩石表面形成纹路，本是自然雕琢，却有着一丝涂鸦的趣味。翻看每一块岩石，为其表面上的纹路寻找各种生活迹象并灌以想象。例如，这个纹路像是年轮，那个纹路看似车轮，如此这般，奇岩异石便有了呼吸和生命。

摩旅攻略

环岛西线

路线
海口—临高角—抱才村—千年古盐田—棋子湾—东方—南山寺—天涯海角。

吃
1）骑楼老街附近推荐：十三小炸炸（文明东路十三小）；老盐柠檬水（博爱北路振龙坊路口右侧）；佳基盐焗鸡（义龙西路3号）；老街辣汤（美兰区水巷口第一辣汤店）。
2）海大南门小吃街推荐：天恩早餐店；海口丁村万人村海鲜广场；鼎尚海鲜楼。

行
1）棋子湾—东方市，约84千米，到东方这段国道大车多，还有自行车和电动车，没有路灯。
2）鱼鳞洲—南山寺，150千米，国道全程都在修路，尘土飞扬。沿途城镇不少，电动车密集，汽车会主动避让。

游
1）骑楼老街：海口市最具特色的街道景观。骑楼大多是20世纪初一批从南洋回来的华侨借鉴当时的南洋建筑风格所建，有些还保留着早前凭栏、门窗等精美雕花。
2）临高角：海角三面临海，岬角顶端有250米长的天然拦潮礁石堤。作为解放海南渡海登陆战的重要登陆点之一，临高角一直以来都是海南红色景区的典型代表。
3）棋子湾：昌化岭下的一处海湾，海底坡度平缓，海水清澈。岸边礁石间有一片面积约几百平方米撒满彩色棋子的卵石滩。
4）鱼鳞洲：景观有小石沙滩和灯塔，在海滩上矗立着18架巨大的风车。

* 海南这些旅游景点都不要门票，对旅行的人来说是非常友好了。

环岛西线

路线
大东海—兴隆—博鳌—文昌—海口。

游
1）南山寺：门票129元（在飞猪上购票更便宜，但是需要2小时后才能入园）。
2）天涯海角：景区其实非常小，不建议坐游览车。游览车最开始会带着你到海边兜一圈，当你返程出来时，直线距离也就200米左右。
3）石梅湾：石梅湾比较舒服了，紧挨着海滩就是已经开发好的园区，绿茵茵的草坪，一棵高大的菠萝蜜树投下一片阴影。
4）兴隆热带植物园：科普类的景区，园内植物种类非常多。园区内有讲解的志愿者，可以跟着听听，也可以尝试园区内自研自产的兴隆咖啡和巧克力。
5）东郊椰林：这是全国面积最大的椰林。文昌人把大西洋彼岸吹来的风变成了椰树下惬意的温柔，也变成了椰树上清甜的拥抱。在椰林中穿梭，还能偶遇寂寥村中的百年老房子。

探路官专访

幼安，小排量也可以有远方

幼安身上有一股耐得寂寞也耐得喧嚣的纯粹，就像拜尔笔下的少年："不问天多高，一心只想摘下天上的明星，铺一条光辉灿烂的大道。"幼安的"道"便是摩旅。即便受限于小排量摩托车，但只要在路上，她那美好的娇小身影可瞬间点燃，像是一束跳动的火焰，炽热真心。她坦言，那种触电般的惊喜感至今还在。

对幼安来说，唯有摩旅的快乐最可把握且源源不断。"在这个过程中，你就能接触到风，能感受到一路以来的所有味道，而这些是在汽车里无法感受的。在路上，颠簸都是美好的。"世间真正温煦的美色，都熨帖着大地。她笃定地知晓自己期待和渴望路面给予的所有感知，经四季轮转，随风雨而变化万千。幼安希望摩旅能够成为自己的日常，为此她做了细水长流的规划。

追根溯源，幼安与摩旅就好像爱上一个人，一眼凝眸便是永恒。"2014 年，我带着滑板去了一趟西藏，途中蹭了两天摩托车，那时我就觉得摩托车很方便，去哪都很自由。"回京后，她毅然决然地学习考取了摩托车驾照，接下来把所有假期一股脑地丢在无尽的路上，内蒙古、海南、江浙、云南、四川；草原、海岸、田野、高原、盆地；追风、踏浪、翻山、越岭。她想行遍祖国的山山水水，看尽华夏的波澜壮阔。

"可能有一些人和我一样，虽然选择性不多，但是对远方会有期待，对摩托车会有梦想，那么就需要选择一种适合自己的方式和适合自己的车。就像我说的：小排量，也一样可以去很远的地方。"即便假期有限，即便排量有限，她用"轻"字概括了中短途摩旅的惬意与随性，并在其中形成自己的风格与本色，让人们看到了小排量摩旅的另一种姿态。

"小女生，小排量，也可以有远方。"幼安特立独行地走着自己的路，她用自己的方式去看清世界的样子，感受独属于自己的激荡与澎湃。在路上，她让所有的选择、探寻和想象都变得生气勃勃。

幼安，90 后，
2014 年开始摩旅，
至今国内旅程累计近 10 万千米。
曾经的滑板少年，如今的摩旅轻骑实践者。

About the Rider
探路官简介

CADA TOP MOTORCYCLE RIDERS

海南环岛手绘示意图

探路官

路线
海口—临高角—抱才村—千年古盐田—棋子湾—东方—南山寺—天涯海角—大东海—兴隆—博鳌—文昌—海口

CADA TOP MOTORCYCLE RIDERS

一家五口，雪地火锅

飞驰"一家人"

📍 **路线**
北京—乌兰察布—经棚热水塘镇—通辽—齐齐哈尔—九三—五大连池—绥化—哈尔滨—横道河子—亚布力—雪乡—哈尔滨—北京

🌐 **里程**
4271 千米

🕐 **用时**
10天（2019年9月）

在尘沙飞扬之中，在坎坷崎岖之路，抑或在旷野森林深处，一行人装备专业，技艺了得，骑着摩托疾驰。他们当中，似乎有孩子，这确定无疑。他们是邓天卓一家五口，这一家人在整个摩旅圈内，也是近乎无人复制的特例。

摩旅的陪伴

时至今日,很多人都会问我,怎么会全家一起摩旅?

2017年下半年,我家老三刚刚出生。那时我突然注意到,孩子们弹过钢琴、练过网球和跆拳道,却没有一项坚持下来。我觉得我家孩子的情况出在"陪伴",于是把所有可以一起玩到老的东西列下来,全家人要一起从零开始学习,共同经历困难,要一起玩。我们做了多番尝试之后,最终选择了摩托车骑行。

虽然我个人感兴趣,但真的可行吗?为尽可能确保安全,我多方请教和接触下来,才发现摩托车并不完全是张扬暴力,也有内敛细腻的一面!兴趣的种子在我们一家人的心中静静播下。直到2019年,我离职后有时间考取了摩托车驾照,这个种子才逐渐发芽生长,成为我们全家一起去体验自由和感受世界的家庭生活方式

我曾在以色列呆过几周,犹太人的文化尤其注重家庭,甚至规定了每个周末父母必须陪伴孩子度过一天。我也曾看过一部有关摩托车的纪录片《Why We Ride》,经历了漫漫黄沙、百万千米的征途,最后着眼在"一切都关乎家庭"这个点,当时我的灵魂倍感振奋。

独自上路,或者跟几个摩友骑行,自己更多的是一件仅关乎自我和目的地的事情,而全家一起上路,共同经历才是最宝贵的财富。摩托车是有效的媒介,也构建出一个强有力的网络,让我们彼此之间的情感极致交互,在共同克服困难的过程中陪伴彼此,探索世界。

毋庸置疑,大家听到摩托车,第一反应总是危险。为了能够安全上路,我们购置了

◀ 在共同克服困难的过程中陪伴彼此

一家人的雪地火锅盛宴，其乐融融 ▼

专业的装备，请专业教练，带着孩子一起从场地开始训练，确保能够完成不同路段，解决各种问题。因为我们夫妻和孩子一样都是从零开始，大家一起进步、一起探讨心得、一起面对挫折和困难，这不是跟随、不是带领，而是互相的陪伴。

2019年"十一"，我们全家一起去过东三省，几千千米都顺利地跑了下来。去内蒙古亲子拉力赛夏令营，我60多岁的父亲也兴致勃勃地加入，就像最初带孩子上路一样，我总觉得肩膀上的担子分外沉重，怕他受伤或坚持不下来，结果非常圆满。

对大多数摩友而言，骑行的魅力在于征服未知。可是，当全家一起上路的时候，相互之间达成的那种最极致的陪伴与支撑，最基本的目标是平安到达，进而一同感知天地自然与生命风光。在如此之多的未知之下，和家人共同穿越坎坷风雨，目睹日升月落。当最亲密的人在身边，用蓝牙耳机分享每一刻的想法，最终到达终点，就是最有成就感的精彩瞬间

独自一人，或与旁人结伴摩旅，牵挂和障碍更少，好像更符合我们对于摩旅的印象。然而，从选择摩托车的最初，我们就是以家庭为单位的，我们一家人骑行的故事，也影响了许多人。无论何种机缘，在全家骑行这件事上，门槛与风险极高，在物质与精神双重准备充分之后，我们愿意做"吃螃蟹"者，任何事情都需要这个阶段，不是吗？

雪乡之旅 ▲

世界的热诚

如今,我在给别人介绍自己的时候,总会补上一句"三个孩子的父亲"。曾经直到离开互联网公司高管岗位的一刻,许多年忙于工作事务缠身中的我,自己连孩子们读几年级都没有概念,然而孩子的成长不可能"倒带",这种陪伴的缺失更不能通过物质补偿。

刚开始练习骑摩托车时,北京只有一家俱乐部提供这种亲子项目。我们一起做规划,一起去实践,小到骑行服应该怎么叠好,护甲按照什么顺序放进包里才最省空间,大到场地练习和行程规划,我们都会和孩子一起完成。在陪伴当中,计划变成了交流,原本好像坚持不下来的事情,竟在不知不觉中出色地完成了。

然而,任何一项技能的训练,必然伴随着大量枯燥的重复。为形成肌肉记忆,一个压弯动作就要重复好几个星期。小孩正处在好奇心旺盛但耐力不足的年龄,如何克服?想了许多办法,最终改良设备——安装无线对讲机,一下子解决了这个问题。类似的状况,其实还有很多,但我认为最关键的还是全程陪伴。

除了花费稍大,专业性强,摩托车骑行仍是一个风险偏高的项目。成人如此,孩子更是如此。

比如,千万次的反复练习一个动作的焦躁,摔车受伤时更会在某个瞬间涌上放弃的念头。此时,家长不是全部托付给教练站在场外远远看着,也不是普通家长表现的那种,或者隐忍心疼后的言语督促,而是一起面对。为了一起旅行的目标,孩子和大人都在并行努力着。

户外骑行,本来就环境复杂,甚至必然遇到极为恶劣的环境。对于小孩的体重来说,即便是室内场地,即便是定制版摩托车,仍然相当危险。起初,孩子们自己内心也毫无信心,我并没有把问题丢给教练,而是跟他一起上场,见证、陪伴和鼓励他们的每一点每一滴的进步,感受每一次完成之后不可替代的成就感。任何事情如果苦和难多一重,你要相信,解决之后的满足与快乐也会多好几倍。

我从来不羡慕别人家的孩子拥有多少证书,掌握了多少特长。对于我们家来说,能够一起玩更有意义。我们的初衷,也不是为了让孩子参加比赛,甚至作为父亲的我丝毫不希望孩子未来成为职业车手。我只希望简单的快乐,全家每个人始终对这个世界怀有热诚,做有趣之人,过有趣的生活。

我并没有把问题丢给教练,而是跟他一起上场,见证、陪伴和鼓励他们的每一点每一滴的进步,感受每一次完成之后不可替代的成就感

邓天卓
原京东集团副总裁，投资人，
三个孩子的爸爸

About the Rider
探路官简介

邓天卓，从名企副总裁到举家骑行官

一年搭乘160余次航班，每周上千分钟电话会议，每日工作到深夜入睡更是家常便饭……40岁未到，仍有疑惑，这就是邓天卓骑上摩托车之前和辞职之前的常态。

"中年危机"，这个词明晃晃地闪现在脑海时，邓天卓这位名企高层不禁打了个寒颤。对于现代人来说，此刻的危机从来不只是情感危机，每一位个体都要面对工作机会、经济能力和社会地位跨过高速上升期后增速减缓甚至开始滑坡的现状。这种包括身体和心理的均可能遭遇的内外双重下坡路，不太好走，却又不得不直面。

如果物质条件平平，多数人容易陷入消磨；如果财富积累尚可，许多人会选择深入一个爱好，打高尔夫、环球旅行或沉浸艺术等，让人钦羡，岁月静好。邓天卓貌似属于后者，仔细一想并不是。他从高位辞职后，非但自己骑上摩托车飞驰，还带着妻子和三个孩子一起，"玩得起劲"又"惊心动魄"。

"我错过了两个孩子的成长周期，养老三的时候才有机会真正体验到什么是父亲这个角色。"提及此处，邓先生感触良多。"我们总会有一些想做的事情，年轻时没条件，等有条件了又没时间，后来有条件也有时间，不用顾忌父母的想法，自己的小家庭却似乎成了拖累，最终到垂垂老矣，自己内心真正的那个梦想渐渐模糊，终其一生从未实现。"

"买第一辆摩托时是怎样的心情？"我问道。

"买第一辆时还没考驾照，只是纯粹对摩旅和其后所代表的生活方式和自由状态心生向往，"邓天卓回道，"起初家人自然不放心，安全成了最常出现的叮嘱关键词，所以全家都玩车的想法冒了出来。我清楚这个想法有点疯狂，所以向圈内最有经验的摩托车骑手寻求安全方面的专业建议。他们告诉我，1万千米里程之内，不要和陌生人跑山，还给我细数了作为新手哪些阶段最容易出问题，最关键的一句是'任何时候，哪怕要挪车，都必须全套护具'。"

专业车及装备，请教练的高昂费用，有足够的训练时间……由于之前的资本积累和思想转型，邓天卓的起点并非平常人能负担的。当时，他的大女儿尚不足10岁。

购置、甚至需要为孩子定制车和装备，请一流的专业教练……邓天卓做好这个以"家庭"为单位的摩旅入圈所需的所有万全准备，和妻子、孩子一起度过艰难且危险的新手期。摩托车逐渐以不同的方式介入到生活，成为这个家庭不可或缺的珍爱之物。

如今，邓天卓常常一家人一起出发，甚至会请专业拍摄老师同行，在旅途中用照片和视频把属于这个五口之家的精彩过程记录下来。他说重要的并非行驶多少千米、征服什么路况，而是当任何时刻，甚至垂垂老矣，我们想要回眸分享时都有与最亲近的人所拥有的共同回忆，在身旁，在心中。

邓天卓曾熬过从基层员工到企业最高层的历练，那时不仅舍弃了自己埋藏至深的小梦想，更荒废了与妻子和孩子本该陪伴共处的时光。古语有言，三十而立，四十不惑。30岁时事业稳步而立，32岁成为京东副总裁。如今正往40岁迈进，往后余生在他心里决定回归家庭的那一刻，心头所有疑惑瞬间释然了。

当命运裹携着倦怠来袭，庸常将至的当下，他以摩旅为契机，带领家人一道，体验着并燃起生命的激情。一家人经历齐心协力和各自奋战后，站在同一座山的顶峰，喜悦之情，豪迈之气，何等激动人心？而后，继续寻找下一座高峰，体会生命的精彩和壮阔。

"你见过凌晨4点钟的日出吗？我骑行时见过，我的妻子、三个孩子也在骑行时见过。探索的乐趣，不只在前方，还有近旁。我们一家人一起挑战未知，迎接日光，一路前行。"

探路官

2020 CADA 首席探路官活动回顾

2020年8月,"CADA首席探路官摩旅征文大赛"上线一个月内,来自全国的摩托车爱好者聚"首席探路官"平台,呈现众多感人至深的摩旅故事和精彩纷呈的骑行路线。在14天的评委会筛选中,有20个参赛作品入围总决赛。最终,经由公众投票决出10名获奖选手,荣膺"2020CADA首席探路官"称号。而他们的优秀作品尽数收录在了《首席探路》专辑中。

2020年11月19日,CADA"首席探路官"颁奖盛典在美丽的苏州举行。当天,一支整齐划一的车队由中国汽车流通协会摩托车分会秘书长宋涛先生亲自带队,中国汽车流通协会摩托车分会理事、豪华车品牌厂商负责人、CADA摩托车首席探路官以及广大摩托车车友们一同享受了一场热血与自由的体验之旅。他们驾驶着宝马、哈雷、杜卡迪、KTM、英伦凯旋、本田和川崎七大豪华品牌摩托车,一路前行,在感受极致驾驭快感的同时饱览苏州秀美如画的景象。

在晚间举行的颁奖礼上,车友们再次共聚一堂。"首席探路官"发起人——宋涛先生为10位首席探路官颁发荣誉证书和象征探路官精神图腾的定制款戒指。与此同时,首支首席探路官主题片——《敬畏》正式发布:每一段旅程都是珍藏。前行的时候,我们热血澎湃;抵达的时候,我们不忘初心;跌倒的时候,我们百折不挠;逆境的时候,我们意志坚强。我们用敬畏向自由致敬……我们是中国的首席探路官。

随着主题片的播放尾声,2020首席探路官活动圆满落幕。时间短暂,但随着车轮滚动,骑行的乐趣永不止步。2021首席探路官,下一个路口,我们一起出发。

 扫一扫,发现摩旅更多
精彩故事和骑行路线